치어리더 의상을 입은
미소녀들이 보내는 응원!

수학여행은 하와이로 GO ♪

"드디어 수학여행이네……
뭔가 엄청 긴장돼. 몸 전체가
간지러운 것 같은 기분이야!"

필요한 것도 샀고 수학여행 조도 정해졌으니
이제 남은 것은 수학여행을 떠나는 것뿐이다.
하지만 준비는 아무리 해도 부족하다.

커버 그림, 본문 일러스트 | **카가치 사쿠**

Contents

나중에 후회해도 소용없다*라는 관용구는 누구나 한 번쯤 들어봤을 거다. 그렇다면 그 유래를 아는 사람은 얼마나 될까?

나도 지금까지 이 말을 몇 번이나 써왔는지 모르지만……솔직히 유래는 잘 모른다. 아마 나 말고도 모르는 사람이 제법 있지 않을까?

그래서일까, 나는 지금까지 이 말의 의미를 오해하고 있었다.

나는 이 말이, 이미 일어난 일은 아무리 뉘우쳐도 돌이킬 수 없다, 즉 그냥 무엇인가가 벌어진 후에 한탄하는 말이라고 생각했다.

하지만 이 관용구의 진짜 용도는 '그렇게 되지 않도록, 숙고해서 행동하라'라는 교훈이다. 내가 사용하던 의미와는 방향성이 정반대였다.

과거를 후회하며 쓰는 말이라고 생각했는데, 미래를 뜻하는 말도 된다니……. 나는 이걸 좀 더 빨리 깨달아야만 했다.

느닷없이 무슨 소리냐면…….

---

*일본에서는 후회는 선행하지 않는다라는 관용구가 있다.

9

"앗, 무대 위에서 키스한 미스마이 선배다."

"그게 무슨 소리야?"

"커플 콘테스트에서 여자친구랑 키스하고 우승했대."

"정말? 얌전하게 생겨서 대담하네……."

그런 거 아니야! 아니, 말 자체는 틀린 게 아니지만……!

도무지 인정하고 싶지 않은 건 어째서일까.

커플 콘테스트 이후로 모르는 후배 여자애들이 내게 말을 걸거나, 이런 식으로 멀리서 나에 관해 이야기하는 일이 잦아졌다.

당시의 나와 나나미는 감정이 고양된 나머지 무대 위에서 그대로 키스해 버렸다.

키스 자체는 나나미가 먼저 했지만, 나도 공범이다. 나나미의 움직임에서 의도를 뻔히 읽을 수 있었는데도 막지 않았으니까.

두 손으로 멈추든, 조금 피하든, 키스하는 척만 하든…… 방법은 많지만, 나는 막지 않았다. 나나미의 키스를 피한다니, 내게는 말도 안 되는 일이다.

내가 그걸 받아들였으니, 그건 두 사람의 의지로 행동한 일이 되었다.

무슨 말이냐면, 결국은 이 사태 또한 우리 책임이란 이야기다.

콘테스트로 소문을 덮으려 했더니, 새로운 소문이 터졌다.

사실 소문도 아니지. 후자는 엄연한 사실이니까.

어쩔 수 없잖아, 감정이 고조됐는걸.

애초에 학교제가 게 다 그런 거 아니겠어?

그런데 아니었다. 불과 방금, 담임 선생님께 가벼운 설교를 들었다. 학교제에 관한 일은 불문에 부치는 게 암묵적인 룰이 아니었냐고, 젠장.

설교? 주의? 그걸 뭐라고 해야 할까. 교무실에 불려 가서 적당히 하라는 말을 들었다. 정말 충격적인 건, 진짜 키스한 건 우리가 처음이었다는 말이었다.

맙소사. 매년은 아닐지라도 한 번쯤은 그런 학생 커플이 있었을 줄 알았는데. 그 왜, 자유롭게 해도 된다고 하지 않았던가.

덕분에 뜻하지 않게도, 학교 최초의 영예를 떠안고 말았다.

교무실에서 나와 복잡한 심경을 곱씹다 보니 어느새 교실에 도착했다. 교실에 나나미의 모습은 없다. 아직 돌아오지 않은 모양이다.

오토후케 일행과 있는 게 아니라, 나처럼 선생님에게 불려 간 거다. 다만 나나미를 부른 건 담임 선생님이 아니라, 그때의 보건 선생님이다.

나에게 그것을 건네준 바로 그 선생님이다.

예상치 못한 호출에 나조차 당황스러웠는데, 당사자인

나나미는 더 그렇지 않았을까.

아무리 성적이 좋은 나나미라고 해도, 이번만은 질책을 면할 수 없었던 모양이다.

아직 돌아오지 않은 걸 보아 대화가 길어지고 있는 듯했다. 내가 나나미를 교실에서 기다리다니, 조금 신선한 상황이다.

나는 자리에 앉아서 스마트폰을 만지작거렸다. 마침 바론 씨가 채팅에 들어와 있다. 무대 위에서 키스한 걸 이야기해 볼까. ……아니, 그건 관두자.

새삼 생각하니, 교실에서 혼자 게임하는 것도 제법 오랜만이었다.

예전에는 곧잘 이러고 시간을 보냈건만, 지금은 아무리 해도 허전함이 가시지 않았다.

게임할 때도 나나미가 옆에서 들여다보거나 하면서 같이 떠들고 놀았기 때문일지도 모른다.

나나미는 언제 돌아오려나?

『나랑 키스한 거…… 후회해?』

상상 속의 나나미가 불안한 얼굴로 그런 말을 중얼거렸다. 아니, 사실 상상이 아니라 기억이다. 아까 불려 가기 전에 나나미한테 들은 말이다.

후회할 리가 없지.

키스에 후회는 없다. 굳이 말하자면 장소를 가렸어야

했나, 하는 정도?

오히려 덕분에 원래 목적이었던 소문도 무사히 덮었으니, 후회는 없다.

"후우, 나답지 않은 실수를…….."

그때 문득 옆에서 목소리가 들려서 고개를 드니, 켄부치, 아니, 히토시가 내 앞자리에서 날 향해 앉고는 고개를 푹 떨군 채 한숨을 내쉬었다.

그는 바닥에 시선을 고정한 채 계속 중얼거렸다.

"내가 그걸 놓치다니…… 이러면 안 되는 건데…….."

왜 하필 내 앞에서 이러는 걸까. 사정을 물어봐달라는 건가? 하지만 엮이면 귀찮아질 것 같은데…….

내가 아무런 반응을 주지 않자, 히토시는 계속 중얼중얼 혼잣말을 반복했다. 줄곧 바닥만 바라보고 있으니, 진짜인지 연기인지 의도를 읽기 어려웠다.

그래도 나름 고등학교에서 처음 사귄 친구다. 그냥 무시하기에는 의리가 없다고 할까, 조금 미안했다.

상대에게 실례일지도 모르지만, 인간관계 재활 연습이라고 생각하면 되지 않을까. 이래 놓고 너한테 한 말이 아니었다는 식의 반응이 돌아오면 난 울지도 모른다.

"무슨 일…….."

"들어줄래?!"

조심스러운 태도가 무색하게도, 입을 떼자마자 무시무

시한 기세로 달려드는 탓에 깜짝 놀랐다. 정말 내가 물어보기를 기다리고 있었던 건가.

히토시는 무언가를 기대하듯 반짝반짝하는 눈으로 날 바라봤다.

이 눈을 보고 있으니 도저히 외면할 수가 없다. 애초에 여기까지 와서 무시하는 것도 서툴러서 못 한다.

"⋯⋯일단 들어는 볼게."

"고맙다! 실은 학교제에서 내가 큰 실수를 하나 저질렀거든."

"실수라니?"

우리 반에 그런 사건이 있었나? 성과를 논하자면 대성공이라고 해도 과하지 않았다. 손님도 많이 왔고, 재미도 있었으니까.

여장을 말하는 거라면⋯⋯ 뭐, 실수라고 할 수도 있겠지만, 덕분에 학교제를 즐겁게 보냈잖아?

"짐작 가는 부분이 없는데?"

"아, 학교제가 문제였다는 게 아니야. 축제를 준비할 때 반 티셔츠를 만들지 않았다는 점이 문제지."

"반 티셔츠⋯⋯?"

나는 모르는 문화인데? 내가 고개를 갸우뚱하자, 히토시가 눈을 동그랗게 뜨고 놀랐다. 아니, 그게 한탄할 정도로 중요한 건가?

"왜, 반의 단합을 보여주기 위해서 똑같은 티셔츠를 만들어서 입는 거. 본 적 없어? 이번 학교제를 기회로 해보고 싶었는데, 새까맣게 잊어버렸어⋯⋯."

그렇구나. 내가 읽는 만화에서도 본 적이 없어서 전혀 발상이 없었다.

슬픔을 온몸으로 표현하는 것인지 히토시는 책상에 엎드려 신음 소리를 흘렸다.

이럴 때는 친구로서 위로하는 게 좋을까, 아니면 방치하는 게 좋을까. 인간관계 초보자인 나는 판단이 서질 않는다.

내게 학교제는 대성공이었다. 하지만 미처 못 한 일이 남은 사람들은 후회가 있는 모양이다. 이 경우는 반 티셔츠가 히토시의 후회인 거다.

나에게는 전혀 없었던 문화지만.

그렇게 생각하면 이번 학교제에 후회를 남긴 사람이 제법 더 있을지도 모른다. 어쩌면 나나미도⋯⋯.

그때 교실에 다른 그림자가 나타났다. 나나미가 돌아온 줄 알고 고개를 돌렸더니, 아니었다.

"어? 시리시즈 씨?"

"미스마이 군과 켄부치가 같이 있다니, 별일이네⋯⋯."

그렇게 말한 시리시즈도 별일이 있는지, 드물게 축 늘어져 있었다.

시리시즈는 피곤한 기색이 역력한 얼굴로 우리 근처에

앉더니, 그대로 책상에 엎드렸다.

기이하게도 나는 그 모습에서 데자뷔를 느꼈다.

시리시즈도 설마 들어줬으면 하는 이야기가 있는 건가.

이걸 모른 척할지 말을 걸지 고민한 나는…….

"무슨 일 있어?"

결국 또 무시할 수가 없었다.

히토시에게는 물어봐 놓고 시리시즈를 무시하는 건 좀 그렇잖아?

그녀는 히토시와는 달리 꿈틀꿈틀, 마치 애벌레처럼 몸을 꾸물거리더니…… 얼굴을 들고는 이야기를 털어놓았다.

"선생님한테 엄청 깨졌어."

"……그렇구나."

한마디만으로 나는 모든 걸 이해하고 말았다.

나와 나나미 못지않게 시리시즈도 커플 콘테스트에서 큰 주목을 받았으니까.

바로 소꿉친구의 뺨을 때린 것.

굉장한 박력이었다. 하지만 이 역시, 많은 사람이 보는 앞에서 할 짓은 아니었다.

오히려 징계 없이 혼나는 정도로 끝나서 다행 아닐까.

그러나 시리시즈는 상당히 풀이 죽어있었다.

"그리고……."

어? 다른 일이 또 있어?!

어느새 나와 히토시는 시리시즈의 이야기에 몰두하고 있었다.

그녀는 말을 쉽게 잇지 못했다. 이윽고 살짝 뺨을 붉게 물들이더니, 우리들에게서 시선을 돌리며 어렵게 운을 뗐다.

"……모르는 후배들과 불량하게 생긴 애들이 나를 누님이라고 부르기 시작했어."

나는 차마 아무런 대답도 할 수가 없었다.

짐작이 없지는 않다. 시리시즈는 학교제에서 전형적인 불량배 코스프레를 하고 있었는데, 그 모습으로 소꿉친구인 불량소년의 뺨을 날리는 사건이 일어났다.

왠지 그들의 심정이 이해되는데.

"……누님."

"하지 마."

히토시가 참지 못하고 저지르자, 시리시즈는 엎드린 상태에서 도끼눈으로 그를 노려보며 으르렁거렸다.

그나저나 둘 다 한사코 책상에서 일어나질 않는구나.

"왜 거기서 뺨을 때렸을까……."

그게 이번 학원제에 그녀가 남긴 후회인가?

"뭐, 어쩔 수 없지. 어떻게 해도 후회는 남는 법이니까."

"그게 뭐야, 후회하지 않는 편이 훨씬 낫지."

"그게 이상적이긴 하지만, 현실적으로 후회하지 않는 삶이란 없으니까."

나의 인생 경험이야 고작 십수 년이지만, 매 순간 후회 없이 살았다고 단언하기는 어려웠다.

당장 만화에서도 곧잘 후회 없는 선택을 하라는 대사가 나오는데, 애초에 선택은 포기와 한 몸인 이상, 후회가 생기기 쉽다. 나중에 가서 포기했던 쪽을 선택했으면 달랐을까, 하는 생각이 들 수밖에 없는 거다.

그러니까 후회하는 것 자체가 잘못되었다고는 할 수 없다.

얼마 전에도 부모님과 비슷한 이야기를 나누었었다. 나나미와의 벌칙 게임 기간이 끝나고, 내가 정말 옳은 선택을 했나 고민할 때였다.

『후회를 너무 두려워할 필요는 없어. 후회 또한 마음의 한 감정이니까, 모든 후회가 마냥 무의미하지는 않아. 중요한 건 지나치게 후회하지 않는 것, 그리고 매 순간의 선택에 최선을 다하는 거다.』

아빠와 그런 이야기를 나눈 것은 처음이라서 지금도 기억하고 있다. 그때 그 말을 듣고 기분이 한결 가벼워졌다.

그러고 보니 아빠는 그런 생각을 하게 된 계기가 있었을까? 자세히는 물어보지 않았는데, 다음에 한 번 물어보자.

"그렇구나. 흥미로운 사고방식이네."

"나도 아빠한테서 들은 이야기야."

"난 아빠랑 그런 얘길 나눈 적이 없는데……. 마지막으로 대화한 게 언제였더라?"

조금이라도 두 사람의 마음이 가벼워졌으면 해서 꺼낸 말이 나름대로 효과가 있었던 모양이다.

그나저나 내가 친구들과 교실에서 대화하는 날이 오다니!

나나미와 만나기 이전의 나는 상상도 못 할 일이겠지. 나쁘지 않다. 아니, 오히려 조금 즐겁다.

그때 다시 누군가가 교실 문을 여는 소리가 들렸다. 시선을 던지니 나나미가 조금, 아주 조금 미간을 찡그린 채 교실로 들어왔다.

얼굴을 보니 역시 나나미도 설교를 들은 모양인데?

"어서 와, 나나미."

"요신 다녀왔어~. 아으……."

휘청휘청, 비틀비틀, 힘이 쭉 빠진 걸음걸이로 걸어온 나나미는, 자기 자리를 놔두고 내 앞으로 와 엎드리듯 기댔다. 덕분에 의자 위에서 끌어안는 듯한 자세가 되었다.

설마 교실에서 이럴 줄은……. 나는 몸에 힘을 줘서 그녀를 지탱했다. 몸이 좀 떨릴 것 같았다.

"……왜 자리에 안 앉아?"

"교실에 왔더니 이미 두 사람이나 엎드려 있길래, 나는 좀 다르게 하고 싶어서."

아무래도 히토시와 시리시즈에게 대항심을 발휘한 것 같다. 왜 그런 곳에서 대항심을…….

나나미는 그 자세에서 용케도 몸을 돌려 나에게 등을 대고 앉았다. 우리 자세는 다시 백허그 같은 모양으로 변했다.

"많이 혼났어?"

"응? 아니, 그렇게 혼나지는 않았는데……."

지쳐 보여서 심하게 혼난 건가 싶었는데, 그렇지도 않은 모양이다. 나나미는 나에게 끌어안긴 채로 몸을 살랑살랑 흔들었다.

그 흔들림에 따라 나도 자연스럽게 몸을 흔들었다.

"사이좋네. 부럽다……."

"학교제 이후로 더 거리낌이 없어졌어."

시리시즈에게 조금 어이없다는 투의 반응이 돌아왔다.

나나미도 반 애들이 있을 때는 이러지 않는다. 방과 후라서 보는 눈이 없으니까 그런 거지. ……그런 거겠지?

나나미가 조금 자랑스러운 얼굴로 콧김을 뿜었다. 아마 두 사람을 향해 우쭐한 표정을 짓고 있겠지.

"그럼 무슨 일이 있었는데?"

"음…… 그게……."

나나미는 조금 머뭇거리며 나를 끌어안은 손에 힘을 주었다. 그러고서 그녀는 신중하게 한마디, 또 한마디 말을 이었다.

"키스한 걸로 잠깐 혼난 뒤에……."

"응."

"왜…… 그……."

"응."

"혀를 안 넣었냐고 물어보시더라."

"응?"

순간 정적이 흘렀다. 왜 그런 이야기가 나오는 거지?! 그 사람은 학생에게 대체 뭘 물어보는 거야?!

이야기를 들은 두 사람 다 충격으로 굳어버렸다. 히토시는 눈을 동그랗게 뜬 채 고장 난 기계처럼 혀? 혀? 중얼거리고 있고, 시리시즈는 아예 얼굴이 새빨갈 지경이다!

"대체 왜 그런 상황이……?"

"뭐, 보건 선생님이니까."

그러자 두 사람 모두 수긍하며 끄덕였다. 표정은 여전히 굳어 있지만.

다들 그 사람이면 하고도 남는다고 생각하는 걸까? 나만 그런 게 아니었구나.

"충격이었어. 나는 대체 왜 그 생각을 못 했을까. 좀 후회했어."

"잠깐, 나나미?"

후회야 사람마다 다르겠지만, 이건 예상 못 했는데!

설마 그 이상을 생각했을 줄 몰랐던 나는, 나나미가 설마 여기서 그것을 실행하지는 않겠지…… 하며 혼자 안절부절못했다.

학생의 본분은 공부라고 하는데, 그런 것에 비해 학교에는 공부 이외의 행사가 많은 느낌이다.

물론 나는 비교적 불성실한 학생이므로, 공부도 학교 행사도 적극적으로 참여하지는 않았다. 이전까지는.

물론 지금도 성실한 학생이라고 자부하기는 어렵지만, 그때와 비교하면 나도 제법 달라졌다.

1년 전에 비해 성적도 많이 좋아졌고, 학교 행사에도 꼬박꼬박 참여한다.

작년에 느껴야 했을 학교 행사의 기분을, 올해야 되어서 비로소 처음 경험하고 있다.

남들보다 1년 늦은 청춘이라고 해야 할까.

지금이라도 만끽할 수 있게 된 건 모두 나나미 덕분이다. 그녀와 사귀면서 나의 세계가 단숨에 넓어졌다.

앞으로도 내가 모르는 다양한 일들을 경험하게 되겠지. 나나미에게는 아무리 감사해도 부족하다.

하지만……!

"이 행사만큼은 참여하고 싶지 않아……! 절대 참여하고 싶지 않아……!"

"엥? 그렇게 싫어?"

나나미의 물음에 나는 말없이 고개를 끄덕였다.

진짜, 정말로 이것만큼은 싫다. 누가 물어도 싫다고 단언할 수 있다.

생각만 해도 몸이 떨렸다. 덜덜덜덜. 유령에 겁먹은 어린아이처럼 떨림이 멈추지 않는다. 내가 생각해도 호들갑이 과하지만, 그래도 싫다.

내가 어린아이 같이 고집을 부리자, 나나미는 의외라는 듯 바라보았다.

그런 시선을 받아도, 나는 참여하고 싶지 않다는 의사를 표명하듯 고개를 푹 숙였다.

"그렇게 싫어, 체육제가?"

입에 담는 것조차 싫은 행사가, 나나미의 사랑스럽고 예쁜 목소리를 타고 내 귀로 전해졌다. 안 돼, 나나미. 그런 말을 하면!

내게는 그 어떤 말보다도 위험한 금지어다. 가능하다면 단어에 모자이크 처리를 넣고 싶다. 과민 반응이라고 하더라도!

그래, 나는 체육제가 싫다.

체육제는 말 그대로 체육…… 즉 스포츠의 축제다. 학교제의 스포츠 버전이다.

우리 학교에서는 학교제 다음 일정이 바로 이 행사이므로,

곧 개최될 예정이다. 나는 그것이 매우 싫다.

"요신은 근력 운동이 취미 아니었어? 그런데 체육제를 싫어하다니, 의외네."

"그건 혼자서도 할 수 있지만, 체육제는 팀 스포츠가 있잖아. 나는 그게 싫어."

가렵지도 않은데, 마치 불쾌한 기억을 손끝으로 더듬듯이 나는 머리를 긁적였다.

거부 반응의 원인은 아마도 어린 시절의 트라우마 때문일 거다. 이제는 제대로 기억조차 나지도 않지만, 불쾌감만은 마음속에 찐득하게 달라붙어 있다.

육상 경기, 개인 경기…… 솔직히 털어놓자면, 나는 체육 수업조차 싫다. 혼자서 하는 근력 운동은 괜찮은 걸 보면, 역시 단체로 하는 운동이 문제다.

계기가 뭐였는지는 이제 기억나지 않지만…….

"그러면 작년에는 어떻게 보냈어?"

"아마 개인 종목에 출전해서 대충하고, 남은 시간은 땡땡이쳤던 거 같은데."

"우와, 불량한 애들 같은 일정이네."

"그건 오해야. 일단은 나름 합법의 범위에서 땡땡이쳤어."

"글쎄. 분명 한 번쯤은 규칙을 어겼을걸? 떽! 그러면 못써."

내 이마에 나나미의 주먹이 가볍게 닿았다. 콩, 하는 소리가 났지만 아프지는 않았다. 마치 어린아이를 혼내는 것 같은 귀여운 꾸중이다.

전에도 생각했지만, 나나미에게 혼이 나는 건 되려 기쁘다. 귀엽게 혼내는 모습에서 나를 생각하는 마음이 느껴진다고나 할까? 물론 너무 지나치면 진심으로 혼내겠지만.

이런 마음이 잘못된 방향으로 표출되어 '좋아하는 아이에게 심술을 부린다'라는 행동으로 이어지는 것일까. 전문가에게 물어보고 싶다.

자꾸만 풀어지는 표정을 필사적으로 추스르며 뺨을 꾹 눌렀다.

"땡땡이칠 땐 뭘 했어?"

"아무도 없는 체육 창고에서 매트에 누워 게임 했었어."

필사적으로 기억을 떠올렸다. 보건실에서 땡땡이칠 용기는 없어서, 인적이 드문 곳을 찾아 배회했었다.

그랬더니 마침 땡땡이치기 딱 좋은 환경이 갖춰져 있길래 그곳에 정착했다. 잘됐다 싶었지.

똑같이 땡땡이치는 사람이 몇 명 더 있었던 것 같은데, 상호 불간섭 같은 느낌이라 서로 터치하지 않았다. 딱히 친구도 아니었기에 누구였는지는 기억나지 않는다.

어쩌면 그 장소는 모두의 땡땡이 장소였을지도 모른다.

"어허, 그럼 안 되지! 체육제도 어엿한 공부인걸."

"그렇구나, 그런 의견도 있나 보네."

"보기 드물게 완고하네……. 정말로 체육제를 싫어하는

구나."

나는 조용히 고개를 끄덕였고, 나나미는 어쩔 수 없다는 듯이 웃었다.

나도 왜 이렇게 싫은지 잘 모른다. 그냥 어린 시절의 트라우마겠거니 할 뿐.

"어? 근데……."

거기서 나나미가 무언가를 깨달은 얼굴로 입가에 검지를 가져갔다. 그대로 입술을 손가락으로 덧그리는 움직임에, 내 시선은 자연스레 나나미의 입가로 쏠렸다.

이렇게 입가를 보고 있으니 지난번 나나미의 발언이 떠올랐다.

교실에서 나와 나나미, 히토시, 시리시즈와 대화했을 때의 일이다. 저마다 학교제에 관한 후회를 털어놓았던 그날, 나나미가 충격적인 말을 꺼냈었다.

아니, 들은 말을 전했다고 하는 게 맞는 표현일까.

『왜 키스할 때 혀를 넣지 않았어?』

설교할 때 이런 이야기가 나왔다니, 그런 일이 가능한가 싶지만, 보건 선생님이라면 충분히 하고도 남는다.

학생들의 연애 상담도 자주 해 준다고 하고, 개인적으로도 고등학생들에게 적절한 성교육도 한다고 하니까.

그렇다고 해도 혀가 어쩌고 하는 건 좀 이상한 거 같지만.

그 선생님이 장난칠 때 보이는 악동 같은 미소가 떠올랐다.

……그때 받은 그것도 아직 지갑 안에 들어 있고.

쓸 기회는 없지만 차마 버릴 수도 없었다. 그래서 계속 지갑 안에 들어 있다. 뭔가 막상 쓸 일이 생기면 선생님이 떠올라서 쓰기 어려울 것 같지만.

아무튼 그런 말을 들은 이후로 나나미는 혀를 어떻게 해야 하는지에 대한 고민을 시작한 모양이었다. 굳이 내게 말하기까지 했다.

나는 뭘 어떻게 해야 할지 난처할 뿐이지만.

같은 키스인데, 왜 요소 하나가 더해지는 것만으로도 이렇게나 성적인 느낌이 나는 것일까.

이런 걸 진지하게 고민하는 고등학생은 아마 나밖에 없을 거다.

나나미의 입가를 보고 있으니 그런 생각들이 머리에 떠오른다.

……혀를 쓰는 법도 연습해야 하는 걸까?

"응? 요신. 듣고 있어?"

"어? 아, 미안, 못 들었어……."

깨닫고 보니 나나미가 어느새 내 눈을 빤히 바라보고 있었다. 갑작스레 시선이 마주쳐서 몸이 흠칫 떨렸다.

조금 전까지만 해도 입가를 보고 있었던 것 같은데, 어느새 나나미의 눈동자가 내 눈을 향하고 있었다.

"무슨 생각 하고 있었어?"

"응?"

"요신이 딴생각하느라 내 얘길 못 들었다고 하니까, 별일이다 싶어서."

"그건, 뭐랄까……."

"야한 생각 했어?"

나는 흠칫 떨었다. 아니지. 야한 건 아니다. 그냥 키스일 뿐이잖아?

시리시즈와 똑같이 반쯤 감은 눈으로 나나미가 나를 뚫어지게 쳐다보았다. 찌르는 듯한 시선에 긴장감으로 땀이 흘렀다.

등이 서늘해지고 눈동자가 이리저리 흔들린다. 나나미는 반쯤 감은 눈으로 내 귓가에 입술을 가까이하더니…….

"방에서 단둘이 있을 때 알려줘."

그러고는 휙 내게서 멀어지더니 반쯤 뜨고 있던 눈도 평소대로 돌아왔다. 순식간에 휙휙 변하는 표정에 나는 다시금 등골이 서늘해졌다.

앞으로도 나나미를 상대로는 당해낼 수 있을 것 같지 않다. 이를 드러내며 웃는 그녀를 보며 그런 생각을 했다.

"그래서 다시 본론으로 돌아가서, 요신은 쇼이치 선배와 농구로 겨룬 적이 있잖아. 그때는 괜찮았어?"

"어…… 듣고 보니. 그땐 괜찮았던 것 같은데?"

나나미가 보는 앞에서 운동했던 건 그때가 처음이자 마

지막이었다. 확실히, 그때는 학교에서 보는 사람이 많았는데도 아무렇지 않았다.

학교에서 운동하는 걸 그토록 싫어했는데, 왜 그때는 자각도 없었던 걸까?

기억을 되짚어 보던 나는 힐끔 나나미를 바라보았다.

변수가 있다고 하면 그야…….

"나나미를 위한 일이라서 그런가?"

자연스럽게 그런 말이 입에서 나왔다.

그래, 그때는 나나미를 걸고 대결하자는 이야기가 나왔었고, 나는 그것에 분노했었다.

내 트라우마조차 덮는 분노와 질투였던 걸까.

좋게 말하면 나나미를 위해서, 나쁘게 말하면 나나미 때문에, 가 된다.

"……미안해, 지금 생각하면 내가 나나미를 끌어들인 꼴이었어."

"왜 사과를 해. 날 위해 노력했다는 거잖아, 엄청 기뻐."

그렇다면 다행이다. 응, 안심이다.

"아무래도 내가 보기에, 요신이 체육제를 싫어하는 건 결국 감정의 문제인 것 같아. 그렇다면, 공부할 때처럼 보상이 있으면 열심히 할 수 있지 않을까?"

"그런가? 하지만 그런 식의 보상은 별로 좋은 방식이 아니라고 하지 않았어?"

"이번만이야, 이번만. 체육제를 열심히 하면 나나미가 요신에게 보상을 줄게."

나나미는 뭐가 좋겠냐는 얼굴로 고개를 갸우뚱했다.

보상이라…….

내 시선이 문득 나나미의 입가로 향하다가…… 황급히 고개를 좌우로 흔들었다. 안 돼, 안 돼, 그건 안 된다.

"……천천히 생각해 볼게."

"흐음~? 뭐든 다 좋은데."

"뭐든 다 좋다는 말은 함부로 하면 안 돼. 내가 정말 말도 안 되는 걸 말할지도 모르잖아?"

"응? 내가 할 수 있는 거면 정말 뭐든 다 해 줄 건데?"

나도 모르게 '진짜?' 하고 되물을 뻔한 것을 간신히 참았다. 지금의 나나미는 정말, 진짜 뭐든지 다 받아줄 것 같았다.

잠깐? 본인이 괜찮다는데, 상관없는 거 아닐까?

내 안에서 갈등이 일어났다. 머릿속에서 보상과 후회와 나나미의 입술과 이성이 어지럽게 돌아다녔다.

단어만으로는 문장을 만들 수 없으므로, 나는 결국 아무런 대답도 할 수 없었고, 결국 말없이 서로 바라보는 상태가 되었다. 이걸 뭐라고 하면 좋을지…….

"너희, 여기 교실이야."

그 말에 우리는 갑작스럽게 정신을 차렸다.

주변의 눈치를 살피니 히토시를 비롯한 몇몇 학생이 우리를 힐끔힐끔 보고 있었다.

……그러고 보니 아직 학교, 쉬는 시간이었지.

"그, 일단 쉬는 시간이니까 이 정도는…….''

"너희 대화는 사람이 신경 쓰이게 한다니까? 조금이라도 좋으니까 자제해."

"왜 신경 쓰이는데?"

"여친 없이 듣는 너희의 대화는 귀에 해로우니까! 죽을 만큼 부럽다고! 그러니까 이제 적당히 해!"

귀에 해롭다니, 들도 보도 못한 표현이었다. 지금까지는 지적이 없어서 신경 쓰지 않았는데…….

"혹시, 계속 그렇게 생각하고 있었어?"

히토시는 고개를 몇 번이나 힘차게 끄덕였다. 다른 애들도 어색한 표정을 애써 감추고 있었다. 쓴웃음을 짓는 사람도 있었다.

"난 사이좋은 커플들 대화 듣는 걸 좋아해서 상관없는데."

"미스마이의 대답이 가끔 도움이 될 때도 있고."

"여친이랑 싸웠을 때, 너희 이야기를 들으면 솔직하게 사과하게 되더라."

"수위는 좀 조절해야 할 것 같지만."

"이제는 모르는 사람도 없잖아? 우리 반의 명물이지."

반 아이들이 감상을 털어놓기 시작했다.

다들 그런 식으로 생각하고 있었구나. 이제 와서지만 조금 민망한데.

명물은 또 뭐야. 나랑 나나미의 대화는 학교의 관광 명소인 건가.

타인의 평가를 직접 들으니 쑥스럽다.

"그럼, 그…… 자제해 볼게."

"어? 자제할 거야?"

"응?"

"앗……."

생각지도 못한 곳에서 항의가 나왔다. 나나미였다.

내가 무심코 되묻자, 나나미도 손으로 자기 입을 틀어막았다.

뭐라고 반응해야 할지 몰라 가만히 있는데, 나나미는 누르고 있던 입가에서 손을 떼고 내 옷자락을 살며시 잡는다.

그 손짓에 나는 고개를 끄덕였다.

"미안, 자제한다는 말은 철회할게."

"어휴, 그럼 그렇지."

어이없다는 시선이 날아왔지만, 어쩔 수 없다.

물론 자제하지 않는다고 해도 수위가 있는 대화는 단둘이 있을 때 하는 게 좋겠지만.

내가 체육제에 거부감을 느끼는 원인은 불확실하지만, 타산적이게도 나나미가 제안한 보상 덕분에 아주 조금은 의욕이 생겼다.

문제는 어느 경기에 나갈 것인가. 사실 체육제에 무슨 경기가 있는지도 잘 모른다. 마라톤……? 그건 싫은데.

"나나미는 작년에 무슨 경기에 나갔어?"

"나? 나는 농구랑 기마전이랑, 그리고 응원전."

"그렇게나 많이? 굉장하다. 대단하네."

"후후, 그럼 칭찬해 줘. 머리 쓰다듬어줘~."

나나미의 방에 단둘이 있어서 그런지, 그녀는 나에게 딱 달라붙어 스킨십을 요구했다. 머리를 이리저리 비비며 마치 마킹하듯 내 몸에 문질렀다.

일단은 나나미의 머리를 부드럽게 천천히 쓰다듬었다.

나나미 머리카락에 손을 대는 것은 언제라도 두근거린다. 나나미는 기분 좋은 얼굴이고, 쓰다듬는 나도 기분이 좋다.

그렇게 한동안 나나미를 쓰다듬고 있는데, 문득 떠오른 듯 나나미가 나에게 스마트폰을 내밀었다.

"작년 체육제 영상 볼래?"

"찍은 게 있어?"

"응. 하츠미네가 찍어서 보내줬거든. 아, 쓰다듬는 건 계속해 줘~."

쓰다듬기는 끝인가 싶었는데, 아닌 모양이다. 나나미는 나에게 쓰다듬기를 계속 받으면서 스마트폰을 만졌다.

이대로 계속 쓰다듬으면서 봐야 하는 건가.

스마트폰 조작을 마친 나나미가 내 손에서 떨어져 옆자리에 앉았다.

나에게 어깨를 딱 붙이고는 스마트폰 화면을 옆으로 눕힌다.

"이것 봐, 이게 작년 영상이야."

"우와, 나나미의 분위기가 지금이랑 좀 다르네."

작년, 1학년 때 나나미의 동영상이었다. 농구 경기에서 드리블하는 나나미의 모습이 담겨있었다.

오, 꽤 잘하는데? 드리블도 그렇고 슛도 그렇고. 잘 들어가네. 나나미, 운동도 잘하는구나.

머리는 하나로 묶었고, 체육복 위에는 번호표가 달려 있다. 다만 나나미의 가슴팍이 상당히 튀어나와 있는 탓에 번호표가 찌그러져 숫자는 잘 보이지 않았다.

"농구는 져서 금방 탈락했지만. 다른 종목도 몇 개 더 찍었어."

나나미는 그대로 동영상을 슬라이드해서 차례차례 자신이 출전한 경기를 보여줬다. 나나미가 말했던 경기 이외에도 여러 경기에 출전했던 모양이다.

공 던지기에도 참여했는지 땅에 떨어진 공을 주워 폴짝 폴짝 뛰며 바구니에 넣는 나나미의 모습도 있었다. 이런 경기도 있었구나.

"나나미, 재미있어 보인다. 폴짝폴짝 뛰는 모습도 귀여워."

"에헤헤…… 그런데 공 던지기 경기는 요신도 했을 거 같은데? 기억하기로는 전원 참가였으니까."

"어? 그랬나……?"

전혀 기억하지 못하는 내 모습에 나나미가 놀랐다. 나는 오히려 이렇게 기록까지 남겨둔 게 놀라운데…….

내가 경기에 나갔다고? 왜 나는 기억이 안 나지……?

의욕도 뭣도 아무것도 없던 시절이라 기억하지 못하는 걸까. 어쩌면 반 전체가 별로 의욕이 없었는지도 모른다.

히토시는 작년에도 같은 반이었으니, 나중에 물어볼까.

나나미는 그리운 듯, 영상을 바라보며 미소 지었다. 과연. 추억을 남겨서 되돌아보는 것도 나쁘진 않은 것 같다.

내가 멍하니 그런 생각을 하고 있을 때, 갑자기 나나미가 미간까지 찌푸리며 영상을 유심히 보기 시작했다.

영문을 모르는 나는 스마트폰 화면과 나나미의 얼굴을 번갈아 바라보았다. ……그냥 경기 영상인데?

나나미는 그런 내 혼란을 아는지 모르는지, 손가락 끝으로 스마트폰을 조작하기 시작했다. 재생하고 있던 동영상을 일시 정지하고, 되돌리더니, 또 재생하다가 정지한다.

……대체 왜?

"여기."

나나미는 한 장면에서 동영상을 정지시키더니 스마트폰 화면을 가리켰다. 나나미에게서 초점이 살짝 엇나간 탓에 주위 사람들까지 나온 장면이었다.

딱히 나나미가 신경 쓸 부분은 전혀 없는 것 같은데…….

"이거, 요신 아냐?"

"뭐?"

나나미가 가리킨 곳에는 한 명의 남학생이 찍혀 있었다.

아무런 의욕도 느껴지지 않는 자세, 졸려 보이는 멍한 눈, 활기가 느껴지지 않는 게으른 태도……. 불성실의 대표주자라고 해도 손색없는 학생이었다.

틀림없다. 내 얼굴이다.

전혀 기억은 안 나지만, 나도 경기에 참여는 한 모양이다.

동영상을 이어서 재생하자, 영상 속의 내가 공을 손에 들고 성의 없게 던져댔다. 혼자서, 툭툭.

도무지 무슨 생각인지 알 수 없는 표정이지만, 아마 빨리 끝나면 좋겠다, 뭐 그런 생각을 하고 있었겠지.

내가 봐도 이건 좀…….

"너무 의욕이 없네, 이 녀석."

나도 모르게 새어 나온 그 말에 나나미가 풋, 하고 뿜고 말았다.

참고로 영상은 거기에서 나를 찍는 것을 멈췄고, 더 이상 내가 어디에 있는지는 알 수 없었다. 짧은 시간이었지만, 의욕이 없다는 사실만은 잘 전해졌다.

부, 부끄럽다. 새삼 과거의 영상이 발굴된다는 게 이렇게 민망할 줄이야.

"잠깐, 나나미. 왜 웃는 거야?"

깨닫고 보니 어느새 나나미가 배를 움켜쥔 채 웃음을 참고 있었다. 아니, 참고 있진 않지만 적어도 소리 높여 웃고 있지는 않았다.

끅끅거리는, 괴로워 보이기도 하고 즐거워 보이기도 하는 웃음소리를 내며 나나미가 내 가슴에 손을 올렸다.

"그게, 과거의 자신한테 의욕을 내라고 하는 게……."

무엇이 나나미의 웃음 포인트를 건드린 것일까. 그녀는 나에게 체중까지 실으며 웃고 있었다. 그렇게 말로 직접 들으니 좀 민망한 기분이 볼이 뜨거워졌다.

옛날의 나는 놀라우리만치 의욕이 없었구나. 정말 깜짝 놀랐다.

이런 것도 후회라고 할 수 있을까. 이때는 몰랐으니까 어쩔 수 없잖아.

나나미랑 사귀는 것도, 이 영상을 보게 될 것도, 누가 상상이나 했겠냐고.

이럴 줄 알고 미리 의욕을 낸다는 건 불가능하다. 지금에 와서 '열심히 할 걸' 하고 후회하는 건 시간 낭비다. 이 후회는 별로 의미가 없다.

역시 후회 없는 인생이란 나에게는 무리였던 것 같다.

그나저나 설마 나나미의 영상에 내가 나올 줄은 몰랐다. 두 반이 근처였나?

나나미는 옛날 내 영상을 확인하듯 다시 한번 영상을 돌리고 있었다. 그렇게 여러 번 보면 좀 쑥스럽지만, 어쩔 수 없다.

이것만큼은 받아들일 수밖에 없겠지. 어차피 여기서 말린다 해도 나중에 나나미는 분명 다시 볼 테니까.

"……1학년 때의 요신도 분위기가 다르네."

"그런가? 별로 변하지 않은 것 같은데."

"아냐, 1학년 때라 그런지 좀 어리고 귀여운 느낌이야."

귀여운 남자……. 칭찬으로 해 준 말이겠지만, 기분은 좀 복잡했다.

하긴, 아까 나나미도 1년 전이라 그런지 분위기도 좀 다르고 귀여웠던 건 확실하다. 지난 1년 사이에 많은 것들이 바뀌었기 때문이겠지.

괄목상대라고 하지 않는가. 나나미의 분위기도 빠르게 바뀌어 간다. 좋고 나쁨을 떠나서.

"그나저나 내 스마트폰에 요신의 영상이 있었다니, 조금 놀랐어."

"그러게. 대단한 우연인걸."

"우연일까? 이럴 땐 운명이라고 하는 게 더 기쁠 것 같은데?"

꽤 낭만적인 말을 하네. 운명이라…… 글쎄, 어떨까? 이런 상황도 운명이라는 말로 표현할 수 있을까?

현실적으로는 그저 우연, 정말 우연히 내가 찍혀 있었을 뿐이다. 나나미도 정말 운명이라고 생각하는 건 아닐 거다. 그냥 이 우연을 즐기는 거지.

이걸 부정하는 건 눈치 없는 짓이다.

결국 사실이 어떤지는 중요하지 않다. 우리가 어떻게 생각하느냐가 중요하지. 즐기지 않으면 손해라는 말도 있지 않은가. 그게 지금이다.

세상일을 부정하기는 쉽지만 긍정하기는 어려운 법.

나나미를 긍정해 주자. 그게 더 재미있을 것 같다.

"운명이라면, 기쁘겠다."

내 말에 나나미는 기쁜 미소를 지으며 몸을 조금 더 붙여왔다.

방금까지 나나미를 쓰다듬고 있던 영향인지, 나는 또다시 자연스럽게 나나미를 쓰다듬고 있었다. 좀…… 꽤, 애정 표현이 과한 걸지도 모르지만.

하지만, 멈추고 싶진 않아……, 그렇게 생각하면서 나는 나나미의 스마트폰 영상을 떠올렸다.

의욕 없는 모습으로 체육제에 참가하는 내 모습.

객관적으로 보니까 정말로 의욕이 없어 보였다. 타인의 행동을 교훈 삼아 내 행동을 고친다는 말이 있는데, 설마 내가 내 모습을 보고 고치게 될 거라고는 상상도 하지 못했다.

과거의 자신은 거의 타인이나 다름없다는 말을 어딘가에서 본 적이 있다. 그런 의미에서 생각한다면 남의 모습을 봤다고 할 수 있을지도 모르겠지만.

그래도 그 영상을 보고 나니 조금, 정말 조금이지만 체육제를 향한 의욕이 생겨난 느낌이다. 적어도 나나미에게 이런 모습은 보여주지 말자고 생각한 것뿐이지만.

"좋아, 올해는 나도 열심히 할게."

"오, 갑자기 무슨 일이야? 의욕을 내다니 대단해, 대단해."

이제는 내가 나나미에게 쓰다듬을 받을 차례가 되었다. 아까 나는 쓰다듬는 것이 기분 좋다고 했는데, 이렇게 쓰다듬을 받는 것도 좋아한다.

나나미의 손 감촉과 부드럽게 어루만지는 안정감. 그리고 꼭 달라붙어서 느껴지는 온기까지. 마음 깊은 곳에서부터 행복이 넘쳐흘렀다.

"요신이 의욕을 낸다면 올해도 응원전에 나가볼까?"

"응원전?"

그러고 보니 아까도 그런 말을 했었지.

내가 잘 이해하지 못하자, 나나미는 내 머리에 손을 올린 채 한 손으로 재주 좋게 스마트폰을 조작했다.

"이것 봐."

응원전……이라고 적힌 영상에서는 치어리더 복장을 한 여학생들과 체육복을 입은 나나미가 양손에 응원술을 들고 선수들을 응원하는 모습이 있었다.

이런 걸 했었구나…… 그런데, 왜 나나미만 체육복이지?

"이때는 말이지, 치어리더 복장이 좀 부끄러운 것 같아서 체육복을 입고 응원했었어. 대신 아유미네는 치어리더 옷 입고 있어."

그렇네. 치어리더 차림의 오토후케와 카모에나이가 다른 여자들과 함께 응원하고 있다. 치어리더복을 입은 여자들이 짧은 치마를 입은 채 다리를 들어 올리자, 남학생들이 크게 열광한다.

응원전인 만큼 상대 반도 비슷한 모습이었다. 이쪽은 여학생들이 가쿠란 차림에 끈을 두른 응원단 스타일이었다.

물론 나는 기억에 없다. 뭔가를 했던 것 같긴 한데, 스마트폰을 보느라 확실히 기억하지 못하는 것뿐이겠지.

그나저나 응원술을 들고 응원하는 나나미는 귀엽다. 체육복 차림인데도 귀여워. 아니, 체육복이라서 귀여운 건가?

이런 식으로 응원을 받으면 확실히 의욕도 생길 수밖에 없겠네. 응, 올해는 역시 좀 힘내볼까…….

"요신이 열심히 한다면…… 올해는 치어리더복으로 응원할까?"

"어?!"

"에헤헤, 좀 부끄럽지만. 이걸로 응원하면 의욕이 나지 않을까?"

나나미가 이걸 입는다고……?

나는 다시 한번 여학생이 입고 있는 치어리더 의상에 시선을 떨어뜨렸다.

위는 어깨가 다 드러난 짧은 기장의 셔츠, 아래는 미니스커트. 움직이면 배꼽이 보일 정도로 노출도가 높은 옷을 나나미가?

그 순간 등골이 서늘해졌다.

"요신, 치어리더복이 좋아? 다른 여자를 그렇게 쳐다보고……."

평소와 별반 다르지 않은 목소리인데, 그 목소리를 듣자 몸이 굳었다. 순식간에 나나미의 눈동자에서 하이라이트가 사라진 것 같았다.

분명 맑은 푸른색인데 아무런 빛이 없는 그 눈동자는, 어쩐지 빨려 들어갈 것 같은 매력마저 느껴졌다.

물론 실제로는 눈에서 빛이 사라진 건 아니지만…… 뭔가 순간적으로 아무런 빛이 없는 것처럼 느껴졌다.

그것은 나나미가 풍기는 분위기라거나 말투, 행동 같은

것들이 그렇게 보이게 만드는 것일 뿐.

"여자를 본 게 아니라 옷을 보고 있었어. 나나미가 이렇게 노출이 많은 옷을 입고 남들 앞에 서도 괜찮을까 싶어서."

"괜찮냐니, 뭐가?"

다시 순식간에 평소의 나나미의 눈동자로 돌아갔다.

……조금 무섭지만 사랑받고 있다. 나나미는 구속이 심한 것도 아니고.

속박은 오히려 내가 더 강할지도 모른다.

"다른 남자애들이 나나미를 볼 거 아니야. 그런데 괜찮을까 해서."

덧붙이자면 독점욕이 튀어나올 것 같다.

"응원은 받고 싶지만, 반이 아니라 나만 응원해 줬으면 좋겠다 싶기도 하고."

"전부 다 말해 버리는 거야?!"

나나미는 조금 쑥스러워했다.

전에 무의식적으로 독점욕을 내보인 적이 있는데, 오늘은 의도적으로 말했다.

감추고 있어도 좋은 결과가 나오지는 않을 것 같다.

"뭐, 내 고집일 뿐이야. 나나미가 치어리더 의상을 입겠다는 걸 내가 막을 수는 없지."

"아, 그러면."

나나미는 천천히 일어서더니 내 정면으로 이동했다. 그

리고 내 위에 올라타서는 털썩 앉았다. 마치 끌어안은 것 같은 자세였다.

키스하려는 건가?

그러나 나나미는 입술을 지나쳐 내 귓가에 닿을 만큼 다가가서…… 속삭였다.

"치어리더 의상을 입고…… 이렇게 귓가에서 응원해 줄까?"

조용히 속삭이는 목소리에 나는 등골이 오싹했다.

"어때? 힘내라~ 요신, 힘내라~."

달콤한 목소리로, 나나미의 다정한 응원을 받은 순간, 나는 그녀의 허리에 손을 감고 가볍게 끌어당겼다.

힘을 주면 부러질 것처럼 가녀리건만, 옷 너머로 푹신한 감촉이 느껴졌다.

나도 모르게 팔에 힘이 들어갈 것 같은 찰나, 나나미는 보답하듯 내 등에 손을 두르고 힘을 실었다.

우리의 몸이 더욱 밀착되었지만, 그녀의 입술은 여전히 내 귓가에서 속삭였다. 더욱 달콤하게, 한숨 섞인 말들이 귀를 간질인다.

평범한 응원이건만 속삭임으로 다가오자, 나의 마음이 격렬하게 요동쳤다.

속삭임이 기분 좋다. 뇌가 마비될 것 같다.

이미 머리는 돌아가지 않는다.

어떤 말을 들어도 이해할 수가 없다. 하지만 동시에 모든 단어가 뇌에 새겨진다. 마치 모순된 감각.

한동안 나나미는 내 반응을 즐기며 여러 응원을 속삭였다.

조금도 야하거나 부끄러운 말이 아니라, 정말 평범하고 흔한 응원.

그러나 그 한마디 한마디에 내 몸이 반응한다.

귓가에 숨결이 스치고, 나나미의 말이 내게로 다가온다. 그렇게밖에 표현할 수 없었다.

그저 나나미가 나에게 숨결을 불어 넣고 있을 뿐인가. 안 되겠다. 머리가 멍해져서 생각이 정리되지 않는다.

나나미는 즐기는 것인지, 아니면 흥분한 것인지, 서서히 목소리에 열기가 더해졌다.

나나미가 흥분한 것일까, 내가 흥분한 것일까.

몸이 떨리는 중에 나는 귀에 작은, 아주 작은 자극을 느꼈다.

"쪽……."

"히익?!"

지금까지 느껴본 적 없는 감각. 귀가 뭔가 부드럽고 축축한 것이 닿는 듯한 자극. 미지의 통증 같기도 하고 저림 같기도 한 충격.

그것이 내 귀에 박히는 순간, 나는 나도 모르게 이상한 소리를 지르고 말았다. 온몸에서 힘이 쭉 빠져버렸다.

나, 나나미?

그녀를 불러보았지만, 자극은 계속해서 엄습했다. 그럴 때마다 나는 이상한 소리를 내고 말았다. 나나미는 그것을 눈치채지 못한 걸까?

나나미의 자극과 응원의 목소리가 번갈아 들려온다. 힘내라는 말이 말도 안 되게 자극적인 말처럼 느껴졌다.

지금…… 뭘 당하는 거지?

전에 나나미가 내 귀를 살짝 입술로 물었던 적이 있는데, 그때와 비슷하지만 좀 달랐다. 자극의 횟수가 늘어날 때마다 몸이 뜨거워졌다.

거센 파도에 휩쓸리는 듯한 감각을 필사적으로 견디면서, 나는 몸을 움직여 나나미의 등을 톡톡 쳤다. 그럼에도 자극은 멈추지 않았다.

"나, 나나미……?!"

나는 목소리를 내는 것도 벅차서, 간신히 그녀의 이름을 부르는 것이 고작이었다.

몇 번째인지 알 수 없는 내 목소리에, 나나미가 갑자기 딱 그 움직임을 멈췄다.

움직임은 멈췄지만, 변함없이 귀는 무언가 따뜻한 것에 닿아 있었다. 이제부터 어떻게 해야 하나 고민하는데, 내 몸이 마침내 한계를 맞이했다.

사람의 몸은 멈춰 있을 때 무게를 가장 크게 느낀다는

말을 들은 적이 있는데, 이게 그걸지도 모른다.

엎친 데 덮친 격으로, 모든 에너지를 다 썼다고 해도 좋을 정도로 내 온몸에 힘이 다 빠져버렸다.

즉, 그녀의 몸을 지탱할 힘마저 상실한 나는 그대로 뒤로 쓰러지고 말았다.

적어도 그녀가 다치지 않게 기세를 죽이려고 힘을 주었는데…… 배에 조금 쥐가 나는 기분이었다. 나나미는 괜찮을까?

"……흐익."

내가 쓰러진 뒤 나나미는 뒤늦게 비명을 질렀다. 그제야 겨우…… 귀에서 무언가가 멀어진 상실감이 느껴졌다.

그와 동시에 몸에 힘이 조금 돌아왔다. 뭐야, 귀라는 게 눌리면 힘이 빠지는 기관이었나?

일단 나나미가 다치지는 않은 것 같아서 안심했다. 이제부터 어떻게 하면 좋을지는 짐작도 가지 않지만…….

쓰러진 내 위에서 나나미가 등에 감았던 손을 놓고 상체를 일으켰다.

정신을 차리고 보니 격투기의 마운트 포지션이 되었다. 내가 아래에 있고 나나미가 위에 있다. 설마 맞을 일은 없겠지만.

나나미의 얼굴을 보자, 그녀의 뺨은 상기되어 있었고 숨을 조금 몰아쉬고 있었다. 땀을 조금 흘렸는지 머리는 형

클어져서 피부에 살짝 달라붙어 있다.

그 머리카락을 쓸어올린 나나미가 자기 귀에 머리를 살짝 걸었다.

물론 나도 땀을 흘렸다. 좀 흥분했었나?

"나나미, 지금 뭐 한 거야?"

"그, 나도 모르게, 저기……."

"……?"

"귀를…… 핥았어요."

나나미는 검지를 살짝 굽혀 귀 대신으로 삼아 핥는듯한 동작을 보였다.

손가락에 혀를 가져가는 그 동작이 말도 안 되게 선정적으로 보였다. 묘하게 촉촉해 보이는 눈동자도 요염함을 더욱 부추기고 있었다.

나나미의 예쁜 혀끝이, 내 귀에 닿았다고……?

그러자 묘하게 부끄러운 마음이 치솟았다. 나는 손을 뻗어 내 귀를 만졌다.

왠지 좀 젖어 있는 듯한 느낌이 드는데 기분 탓일까. 땀이라고 생각해 두자.

"왜 갑자기……?"

"마침 딱 적당해 보여서……."

전에도 분명 같은 일이 있었던 것 같은데. 역대 최고로 위험했던 순간. 그때도 분명…… 나나미는 내 귀를 입술로 물었었다.

그때에도 이런 느낌이었나. 다른 점이라면 토모코 씨의 노크가 들리지 않아도 멈출 수 있었다는 점일까.

이번에는 내 귀에 닿은 자극이 너무 강한 탓인지 반대로 냉정함을 되찾을 수 있었다. 만약 조금만 더 자극이 약했더라면…… 나도 이성을 잃었을지도 몰라.

등줄기가 오싹해지고 간질간질하며 온몸이 떨리는 감각. 더 해 줬으면 하지만 반대로 하지 않았으면 하는 자극.

전에 물렸을 때와는 또 달랐다. 그렇기 때문에 멈춘 것이 아쉬우면서도 다행인 것 같은 묘한 기분이 들었다.

나나미는 쑥스러움을 감추려는 것처럼 쓰러진 내 가슴팍 위에 함께 쓰러져 있었다. 그녀가 내 몸 위에 기대자, 기분 좋은 무게감이 느껴졌다.

"……나나미는 생각보다 야한 거에 관심이 많은 것 같네."

"어?! 그, 그렇지는 않은데……?"

"정말? 전에도 내 귀를 입술로 깨물었던 적 있잖아?"

불확실하고 희미한 기억이지만…….

아, 그때는 내가 나나미를 만져서 그랬던가? 그럼 나도 관심이 많은 편이라는 뜻이 되는데.

"으우…… 이번만큼은 아무 반박도 못 하겠어……."

내 자승자박이 될지도 모른다고 생각했건만, 나나미도 그때는 자신이 먼저 했다는 자각이 있는 모양이었다.

온몸에서 김이 나지 않을까 싶을 정도로 새빨개진 그녀는 내 가슴에 얼굴을 한번 파묻은 뒤…… 어느 정도 열기를 가라앉히고 나서야 얼굴을 들었다.

그래도 평소에 비하면 붉었지만.

"요신은…… 적극적이고 밝히는 나는 싫어……?"

"나나미가 하면 전혀 싫지도 않고 싫어질 일도 없고 오히려 좋습니다."

나도 모르게 존댓말로 된 즉답이 나오고 말았다.

정말이지 엄청난 파괴력을 가진 한마디였다. 이런 말을 듣고 싫다고 말할 수 있는 남자가 있을까? 적어도 나는 불가능하다.

부끄러워하면서 말하는 게 또 매력이었다. 여기서 아마 아무렇지도 않게 말했다면 나도 아마 이 정도의 파괴력을 느끼진 못했을 것이다.

부끄러움은, 중요하다. 나도 모르게 강조해 버리고 말았지만, 정말로 그렇게 생각한다.

그런 내 갈등을 아는지 모르는지, 나나미는 손가락 끝으로 내 몸을 만지작거렸다. 왠지 그 감촉이 간지러워서, 나는 나도 모르게 쓸데없는 소리를 해 버리고 말았다.

"혹시 나나미, 좀 흥분했어?"

……뭐라고 한 거야, 나?

너무나도 직설적인 성희롱 발언에 단숨에 온몸의 핏기

가 가셨다. 나나미와 맞닿은 곳을 제외한 몸에 한기가 돌았다.

마치 냉수를 뒤집어쓴 것같이 차가운데도, 긴장으로 온몸에서 땀이 솟구쳤다. 땀이 흐르는 소리가 나지 않을까 싶은 수준이었다.

나나미가 벌떡 몸을 일으키더니 나를 내려다보았다.

눈을 부릅뜨고 입술을 떨며, 희미한 목소리를 단편적으로 내뱉는다.

"그, 그, 그런 걸까? 내가 지금 흥분한 건가……?! 이게 바로…… 흥분했다는 건가?!"

아무래도 나나미는 내게 지적받기 전까지 그 사실을 인지하지 못하고 있었던 모양이다. 입술의 떨림이 퍼져나가듯 어깨를 떠는가 싶더니 곧 온몸을 떤다.

그 몸의 떨림은 나에게도 전해졌고, 내 몸도 떨리고 말았다. 정말로 쓸데없는 말을 했다. 해 버리고 말았다.

그 후에도 한동안 나나미는 내 위에서 몸부림쳤다.

아니, 이상한 의미가 아니라. 말 그대로 고뇌했다는 뜻이다. 정말 맹세코 이상한 짓은 하지 않았지만, 글자만 보면 오해의 소지가 다분하네.

"미안, 나나미. 내가 괜한 말을 했어."

"아니, 그, 나도 조금…… 지나쳤으니까, 반성할게……."

힘없이 내 위로 쓰러진 나나미는 이제 숨까지 헐떡이고

있었다. 상기된 볼이 어딘가 요염하지만, 표정은 완전히 피로해 보였다.

나는 나나미를 위로하듯 그 등을 토닥였다. 서서히 나나미의 숨결이 가라앉고 안색도 평소대로 돌아왔다.

"으음, 우리 무슨 얘기하고 있었더라?"

"아, 체육제 이야기였어. 체육제."

과하게 흥분…… 아니, 이 말을 하면 또 나나미가 괴로워할 테니 말하진 않겠지만, 흥분한 탓인지 나나미는 무슨 대화를 했는지 잠시 까먹은 듯했다.

그러는 나 역시 무슨 이야기를 하고 있었는지 살짝 잊고 있었지만.

"맞다, 체육제지, 체육제……. 응, 체육제를 싫어하는 요신에게, 내가 보상을 주겠다는 이야기였지."

"그런 이야기였나?"

"됐어. 그런 이야기였던 걸로 치자."

다른 이야기였던 것 같지만, 나나미가 그렇다고 하니 굳이 정정하지는 않았다.

"체육제, 열심히 하면 보상을 줄게."

잠깐 고개를 든 나나미는 장난스러운 얼굴로 베시시 웃었다. 내 위에 올라타고 있는데, 그 미소는 마치 천진난만한 소녀 같았다.

조금 전까지 흥분해서 내 귀에 장난치던 사람과 동일 인물이 맞나 싶었다.

아야. 얼굴에 생각이 드러났는지 가볍게 맞았다.

보상…… 보상이라. 어떤 보상일까.

나나미에게 들은 바로는 체육제는 학교제 때와 달리 순위가 매겨진다. 아마 학년과 반을 나눠 겨루는 팀전 방식이었을 것이다.

작년의 내가 나나미의 스마트폰에 찍힌 건, 당시에 같은 팀이었기 때문일지도 모른다.

일반적으로는 순위가 상위였을 때 보상을 받는 게 맞지만…… 이번에 나나미는 내가 참가한 것만으로 보상을 준다고 한다.

이런 호화로운 참가상이 어디 있을까.

……나 정말 속물이구나.

"그럼 어느 종목에 참여하는 게 좋을까. 다음 홈룸 시간에 참가 경기를 정한다고 했지?"

"아마 그럴 거야. 요신, 농구에 출전해 보는 건 어때? 선배가 엄청 좋아할 것 같은데?"

"농구는 아마 초반에 떨어질 걸……."

애초에 농구는 인기가 많을 것 같다. 거기에 재미 삼아 나가는 건, 진지하게 출전한 애들에게 실례가 아닐까. 나야 단체 경기가 부담스러워서 꺼려지는 것도 있지만.

덜 부담스러운 개인 종목은…… 마라톤 같은 달리기 계

열이 되려나. 마라톤에 출전하려면 지금부터 훈련해야 한다. 심폐지구력이 딱히 뛰어나진 않으니까.

뭐가 좋을까 고민하고 있는데, 나나미가 뭔가 말하고 싶은 얼굴로 날 바라봤다.

혹시 같이 나가고 싶은 경기가 있는 걸까? 복식 경기라면 뭐, 탁구나 테니스?

불행히도 구기 종목에 대해서는 잘 모른다. 둘이 나가는 경기는 그런 것밖에 떠오르지 않았다.

"나나미, 혹시 따로 나가고 싶은 경기가 있어?"

"어? 아니, 그게……. 아무것도 아니야…….”

보기 드물게 나나미가 말을 삼켰다. 분명 뭔가 말하고 싶은 얼굴이었는데.

힐끔 나나미를 바라보자, 눈이 이리저리 흔들리고 있었다. 안절부절못하는 분위기다.

혹시, 하고 싶은 말은 있는데, 나 때문에 쉽게 꺼내지 못하는 건가?

참 새삼스러운 일이다. 언제나 서로에게 말하고 싶은 것은 말하고, 숨기는 법이 없었는데.

문제가 있어도 되도록 그 자리에서 해결해 왔다.

뭐, 이럴 때도 있겠지…….

아니, 이대로 넘기면 안 된다. 이럴 때는 반대로 이야기를 들어봐야 한다. 하고 싶은 말을 삼키면 나중에 트러블

이 터지는 법이다. 사소한 오해나 불화가 큰 불씨가 되기 마련.

치정 문제는 창작물에 자주 쓰는 향신료지만, 애석하게도 나와 나나미의 교제는 창작물이 아니다. 이런 불화의 싹은 미리미리 철저하게 잘라내야 한다.

나는 나나미의 등에 손을 감았다.

갑작스러운 내 행동에 작게 움찔한 나나미가 나를 쳐다보았지만, 나는 일부러 그녀와 눈을 마주치지 않고 나나미의 등을 끌어안았다.

손은 딱 나나미 옆구리에.

"요, 요신……?"

"나나미."

나는 다리까지 이용해 나나미의 몸을 구속했다.

"어?"

"하고 싶은 말이 있으면 지금 해. 이대로 다물고 있으면 나나미를 간지럽힐 거야."

"갑자기 무슨 소리야?!"

당황한 나나미가 내 품에서 벗어나려 했지만, 단단히 붙잡은 탓에 벗어나지 못했다. 나나미는 비교적 힘이 센 편이지만, 그래도 이 자세에서는 쉽사리 빠져나갈 수 없다.

"자, 포기하고 자백하시죠. 카운트다운. 10…… 9…… 8……."

"요신, 진심이야?! 잠깐, 멋대로 세지 마!"

당황한 나나미가 버둥거리는 탓에 놓칠 뻔했지만, 결국 나나미는 탈출하지 못했다.

……나는 문득 이상함을 느꼈다.

이거 혹시, 일부러 안 나가는 거 아니야? 서로 이 상황을 즐기고 있는 것 같은 느낌인데…….

"알았어! 항복! 말할 테니까 간지럼 태우지 마~!!"

카운트가 2까지 줄어들자 결국 나나미의 항복 선언이 날아왔다. 아직 간지럼을 태우기 전인데도 웃고 있었다.

나는 나나미의 구속을 풀었다.

사실 나도 좀 위험했다. 여러모로 자극이 좀 있어서…….

"그래서 무슨 경기를 나가고 싶은데?"

"그게 말이지……."

말하기 어려운지 나나미는 잠시 머뭇거리며 나를 올려다보았다. 그러고는 부끄러운지 손으로 입을 가리며 말을 이었다.

"그…… 둘이 나갈 수 있는 경기가 있어. 남녀 페어로."

"오, 그런 게 있어? 구기 경기야?"

"아니, 굳이 따지자면 육상이려나. 둘이 협력해서 달리는 거야."

그거 다행이군. 공을 쓰는 구기는 조금 자신이 없다.

협력해서 달리는 경기라고 하면, 이인삼각이 대표적이다.

그건 둘이 나갈 수 있었다. 연습하는 게 좀 힘들 수는 있지만, 재미있을 거다.

무엇보다 나나미와 협력해서 할 수 있다는 점이 가장 좋았다.

"좋네. 근데 왜 같이 나가자고 안 했어?"

"그…… 경기 이름이…….."

"응? 이인삼각이 아니야?"

"그게 아니라…… 업고 달리기 경기야."

……뭔데, 그게?

틀림없이 이인삼각일 거라고만 생각했는데, 전혀 모르는 경기 이름이 나와서 나는 고개를 갸우뚱했다. 업고 달리기 경기……?

종목 이름에서 어렴풋이 업고 달리는 경기인 건 알겠는데.

"내가 나나미를 업고 달리는 거야?"

"내가 요신을 업고 달려도 상관은 없어."

그건 안 되지.

뭔가 벌써 처참하다. 나나미에게 업혀간다니……. 아무리 좋게 생각해도 한심한 남자라고 욕을 먹을 수준마저 넘어선 한심함이었다.

나나미도 상상해 봤는지 역시 이상하네, 하며 웃었다. 다만 뭔가 해 보고 싶은 것 같기도 했다.

……아무리 생각해도 나나미의 근력으로는 불가능하지

않을까.

"그런 시합이 있었구나."

"그래서 커플끼리 출전하는 사람이 많아. 친해지고 싶은 남자애한테 같이 하자고 권유하기도 하고."

아하, 그런 이벤트인가.

다들 발상이 굉장하네. 그걸 또 연애와 결합하다니. 이것이 젊음의 혈기구나. 아, 원래 그런 의도로 만든 경기인가?

나와 나나미가 함께 나가기에는 딱 좋은 경기다. 나도 동기부여가 되고.

하지만 말하기를 주저할 정도는 아닌 것 같은데? 아직 내게 무언가를 숨기고 있나.

"……왜 아까 말하는 걸 망설인 거야?"

"그건, 그러니까……."

아주 조금 나나미의 눈이 흔들렸다. 나에게서 시선을 떼고는, 나나미는 여전히 입을 다물고 있다. 그렇게 이상한 부분이라도 있는 걸까?

잠시 후 결심이 섰는지 나나미가 망설였던 이유를 천천히 입에 담았다.

"업고 달리기 경기라는 이름이지만, 페어로 안는 거면 방법은 어떤 거라도 상관이 없어서……."

"아, 그렇구나. 그럼 그냥 안는 것도 괜찮은 거야?"

업는 것보다 허들은 더 높을 것 같다. 팔의 근력도 그렇고 허리에 미치는 부담도 그렇고…… 엄청난 참사가 벌어지지 않을까.

아니, 둘러메듯이 안으면 괜찮으려나? 안는 것과는 조금 다르겠지만, 나나미를 옆으로 눕혀서 어깨에 걸치면……. 안 되겠지. 짐짝도 아니고, 무드도 뭣도 없다.

"페어로 안기만 하면 뭐든 상관없어. 공주님 안기로 달려도 되고. 서로 끌어안는 형태로 달려가도 되고…… 아까의 우리들이 했던 것처럼."

마주 보고 안은 채로 달리는 건…… 꽤 힘들지 않을까? 평범하게 안는 것보다 전신의 근육을 더 많이 쓸 것 같다. 근력 운동에는 좋을 것 같지만.

하지만 역시 망설였던 이유는 모르겠다……. 아니, 마주 보고 안는 건 그림이 제일 이상해서 망설였나? 다시 상상해 보면 꽤 위험할 것 같기도 하다.

내가 멋대로 혼자 납득하고 있는데, 생각지도 못한 한마디가 나나미의 입에서 튀어나왔다.

"아까 끌어안고 흥분해 버렸으니까…… 모두의 앞에서 그렇게 되면 부끄러울 것 같아서 말 못 했어……."

말을 마치자, 나나미는 내 가슴에 얼굴을 파묻으며 표정을 감췄다. 부끄러운 것인지 내 가슴 언저리에서 머리를 비비적거리며 움직인다.

이거…… 혹시 내가 아까 했던 쓸데없는 한마디 때문이

아닐까. 흥분했다니, 너무 배려 없는 말이었다. 그거라면 확실히 말하기 곤란하겠지.

"이상한 말 해서 미안합니다."

"진지하게 사과하지 마! 뭔가 더 부끄러워지니까!"

나나미가 신음 소리를 내며 내 위에서 몸을 이리저리 비틀었다.

"뭐, 이것도 오늘의 연습이라고 생각하면 되지. 엄청 자극적이었지만."

"다시 말하지 마~ 요신이 나 괴롭혀~……."

울먹이는 목소리로 그렇게 말한 나나미는 내 몸에 손을 두르고 다시 끌어안는 자세를 취했다. 힘이 실리지 않아 부드럽고 포근했다.

그게 어딘가 묘하게 편안해서 나는 다시 나나미의 머리를 천천히 쓰다듬었다.

일단은…… 체육제 때 나갈 경기 종목도 정했으니 열심히 해볼까?

싫지만…… 엄청 싫지만, 나나미와의 추억을 만들기 위해서 앞으로는 싫은 일도 열심히 해야 할 순간이 분명 올 것이다.

이것은 그 예행연습인 셈이었다. 그런 의미에서 보면 학교 행사는 공부의 일환이라는 말이 맞을지도 모른다. 이제 이해가 갔다.

품에 안긴 나나미의 온기를 느끼면서, 나는 지금 내가
할 수 있는 최선을 다하겠다고 다시 한번 결심했다.

언제까지고 붙어 있으면 습관이 될 것 같다는 말에 나는 마지못해 요신에게서 떨어졌다.

확실히 너무 익숙해지면 매번 딱 붙어 있고 싶을 테니, 여러모로 곤란하겠지.

요즘은 학교에서도 붙어 있는 일이 꽤 많아진 것 같지만, 습관이 된 것은 아니다. 아닐…… 것이다. 이미 늦었다는 말은 금지어다.

장소에 따른 거리감…… TPO는 중요하다.

이런 것에 무감해졌을 때, 한층 더 심각한 푼수 커플이 될 거다.

응? 아무리 나라도 지금의 요신과의 애정 표현이 주위에서 어떻게 보이고 있는지 정도는 알고 있다.

아마 나와 요신은 바보 커플이라고 불리고 있겠지.

하지만 그게 뭐가 어떻단 말인가. 주위에 폐만 끼치지 않으면 된다. 나와 요신의 애정 표현이 교칙 위반이 되는 건 아닐…… 과하면 위반이 되려나.

알면서도 스테이지 위에서 대놓고 키스한 전과가 있다.

그 일로 보건 선생님께 왜 혀를 넣지 않았냐는 말을 들었다. 당시의 나는 상상도 못 했던 일이다. 좋은 걸 배웠다.

물론 스테이지 위에서 정말 그렇게까지 할 수 있느냐는 별개의 문제지만…….

아무리 그래도 그렇게까지는 못하지.

그 키스는 과연 어떤 느낌일까?

살짝 닿는 것만으로도 그렇게나 달콤하고, 뇌가 저릿저릿하고, 몸이 뜨거워지는데…….

흔히들 키스는 레몬 맛이라고 하지만, 그런 새콤달콤한 맛…… 어쨌든 예쁘기만 한 맛은 아니었다. 그건 오히려 관능적인 맛이라고 표현해야 하지 않을까.

그런데 거기에 혀까지? 더 농밀해지면 어떻게 되는 거지?

어쩌면 죽음만큼이나 충격적인 무언가가 내 몸에 일어날지도 모른다. 진짜 죽지는 않겠지만 기절할지도 모른다.

그런 점에서 미루어 볼 때, 아까의 행동은 다소 대담했다.

조금 흥분했다고 해도, 설마 요신의 귀를…… 입술, 혀끝으로 건드릴 줄이야. 나 자신도 생각지 못한 행동이었다.

혀에 관한 이야기가 나온 탓에 그렇게 되어버렸다. 실은 그 밖에도 이유는 있지만…….

나는 그의 귀에 시선을 돌렸다.

아까도 생각한 건데, 동그랗고 귀여운 귀다. 이걸 남자애답다고 해도 되는 건지는 모르겠지만, 두께감이 있다고나 할까?

이렇게 귀를 유심히 바라볼 일이 별로 없었는데. 정말 나와는 전혀 모양이 다르다. 요신은 귀도 안 뚫었으니 매끈하다.

거기에 요신은 피부도 꽤 좋다. 아무 관리도 하지 않았다고 했는데, 미래를 생각해서라도 관리하는 방법을 알려 주고 싶다.

앞으로도 만졌을 때 줄곧 기분 좋은 감촉을 유지했으면 좋겠으니까.

이렇게 말하니까 좀 야하게 들리네.

아무튼, 눈앞에 뭔가 삐죽 솟아 있어서, 나도 모르게 혀로…… 해 버리고 말았다.

입이 심심해서 그랬다고 하면 알아줄까?

혀끝으로 조금 장난을 쳤을 뿐, 딱히 맛을 본 것은 아니기에 맛의 감상은 없다. 그냥 흥분했던 탓에 기억이 안 나는 걸지도 모르지만……. 나름 재미있었다.

……만약 맛있었다고 하면 요신은 어떤 반응을 보일까? 내 안에서 호기심이 꿈틀거린다.

이러면 성희롱인가? 성희롱이 될까?

요신이 나더러 야한 것에 관심이 많다고 했을 때 반론하지 못했는데. 지금이 돼서야 알 것 같다.

나는 야한 게 아니라 요신에게 관심이 많은 거다.

이렇게 하면 요신은 어떤 반응을 보여줄까, 나를 어떤

식으로 만질까, 어떤 목소리를 낼까…….

그런 것은 수단이지 목적이 아니다. ……그렇다고 해 두자. 이윽고 수단이 목적이 될 것 같아서 불안하지만.

"나나미, 무슨 생각해?"

"읏……?!"

갑자기 요신과 시선이 마주쳤고, 깜짝 놀란 나는 몸을 흠칫 떨었다. 그 상태 그대로 몸을 일으키다가 균형을 잃고 뒤로 넘어졌다.

"위험……!"

순간적으로 요신이 내 허리를 잡아줘서 넘어지지 않았다.

다행이다. 뒤에 침대가 있어서 넘어지더라도 다치지는 않았겠지만, 다른 이유로 위험해질 수는 있으니까.

아까는 내가 위, 요신이 아래였는데, 서로 위치가 바뀌었다.

이 풍경도 나쁘지 않은데……. 달콤한 유혹에 넘어갈 것만 같았다.

하지만 오늘의 요신은 날 침대 위에 놓더라도, 아무것도 하지 않을 거다. 여기는 내 방이지만, 1층에 부모님이 계시니까.

애초에 요신은 고등학교에 다니는 동안은 거기까지 가지 않겠다고 했다.

새삼 아쉬우면서도 요신의 마음이 기뻤던 그때가 생각

난다.

물론 그래도 나는 요신을 향한 유혹을 멈출 생각이 없으니, 이건 요신의 고집을 두고 겨루는 승부다.

요신이 버티면 그의 승리, 요신이 버티지 못하면 나의 승리.

애초에 승패의 문제가 아니지만, 그런 식으로 생각하는 것도 즐겁다. 그와는 여러 가지 연습을 하고 있는데, 나는 그가 내게 손을 대게 하려고 호시탐탐 노리고 있었다.

정작 나도 겁쟁이라서 자꾸 어중간한 모양새가 되고 있지만……

"요신, 궁금한 게 있는데."

"응?"

약간의 장난기가 오른 나는 허리에 닿은 팔의 감촉을 느끼며 그를 불렀다.

그에게는 예상 밖의 질문이 되겠지. 이게 어떤 결과를 낳을지는 모르지만…… 그래도 나는 그에게 물어보고 싶었다.

"내가 귀를 핥았을 때, 어떤 느낌이었어?"

"뭐?"

앗, 요신의 힘이 빠져서 균형이……

무게 중심이 기울어 간다. 그가 나를 지탱하고 있었으니, 힘이 빠지면 일어날 필연적인 결과였다. 딱히 내가 엄청 무겁다거나 살이 쪘다거나 뚱뚱한 게 아니다. 절대로 아니다.

균형을 잃은 요신이 내 위로 올라온다.

천천히, 나는 그와 함께 침대에 쓰러졌다.

요신은 내게 완전히 체중이 실리지 않도록 손을 짚어 버렸다.

이렇게 의도치 않게 쓰러진 게 몇 번째였더라?

서로 위치가 바뀌어, 내가 그를 올려다보았다. 딱 붙어 있는 느낌이 아닌 조금의 틈이 있는 이 감각…….

몸이 닿을 듯 말 듯 한, 아주 조금 거리가 떨어진 느낌.

조금 전까지 그렇게 딱 붙어 있었으면서 무슨 소릴 하는 거냐고 생각할지도 모르지만…… 이건 이거대로 좋았다.

"나나미, 위험하잖아……."

그가 좀 혼내는 듯한 말투로 말했다. 좀 위험한 행동이었기 때문에 반성했다.

"미안, 미안. 나도 모르게. 꼭 물어보고 싶었어."

"하여간……. 다치지 않게 조심해."

그리고 그가 몸을 일으켜 부드럽게 내게서 떨어지려는 순간…… 나는 그의 옷자락을 붙잡았다.

"나나미?"

"조금만 더…… 안 될까?"

이 말에 특별한 의도는 없건만, 마치 유혹하는 말처럼 나오고 말았다. 그저, 그저 조금 더 이 상황을 즐기고 싶었을 뿐이다.

요신은 주저하듯 시선을 돌리더니, 어쩔 수 없다는 듯 미소 지으며 다시 내 쪽으로 다가왔다.

나는 그대로 천천히 침대에 쓰러졌다. 푹신, 하고 이불이 형태를 바꾸며 내 피부를 스쳤다. 기분이 좋았다.

두근거리는 마음으로 요신의 행동을 지켜보았다. 무심코 시선이 그의 가슴팍으로 향했고, 옷 틈으로 탄탄한 그의 몸이 엿보였다.

가슴팍을 지나 목으로 올라오니 목젖이 눈에 들어왔다. 거울로 보던 나의 목과는 전혀 다르다…… 어쩐지 그 사실을 깨닫자, 가슴이 두근거렸다.

요신은 나를 짓누르지 않도록 팔로 옆을 받치면서 내 위를 덮고 있다.

"힘들면 그대로 엎드려도 돼."

"이 정도는 근력 운동이라고 생각하면 뭐……."

"나한테 닿으면 안 되는 근력 운동이야?"

"그렇지는…… 미안, 어쩌면 몇 번은 일부러 닿을지도 몰라."

피식 웃으며 나는 그에게 손을 뻗었다.

엄마가 보면 변명할 길이 없겠는데.

"나나미……?"

내 손이 그의 목 언저리를 어루만졌다. 마치 목을 조르는 것 같은 모양새였다.

그저 손이 닿았을 뿐인데, 손끝을 타고 느껴지는 감촉이 나와는 놀랄 만큼 다르다.

남자의 목은 이렇게나…… 울퉁불퉁하고 두껍구나.

손을 움직여 툭 튀어나온 목젖에 닿는다. 생각보다 단단한 감촉이 돌아왔다.

부드러운 줄 알았는데, 목젖이 뼈였나?

"저기, 나나미……?"

"앗, 미안……!"

그의 목을 어루만지고 있으니, 요신이 곤란한 얼굴을 했다. 그렇지. 갑자기 여자친구가 말도 없이 목을 만져댔으니 당연하다.

"목젖이 신기해서. 나도 모르게."

"그랬구나. 하지만 여자도 목젖은 있는데?"

"어? 그래?"

"남자만큼 선명하지는 않지만, 아마 이쯤에……."

요신의 손이 살며시 내 목에 닿는다.

목덜미에 그의 손길이 닿은 순간, 열기가 내 목으로 전해지며 온몸에 간질간질한 감각이 퍼져나갔다.

간지러운 것 같지만 간지러움과는 다른…… 뜨거운 것 같지만 추위로 몸이 떨리는 것 같은 이상한 감각이 목을 타고 온몸으로 전해졌다. 마치 번개 같은 속도로.

"윽……?!"

숨을 삼키듯 소리가 새어 나왔다.

오싹하지만 더 만져줬으면 하는 느낌.

그의 손이 나의 목을 더듬을 때마다 몸이 간질거리는 느낌이 더욱 강해졌다.

나도 모르게 그의 손을 붙잡고 말았다. 이 손을 거부하고 싶은지 받아들이고 싶은지 나조차 판단이 서질 않았다.

"미안, 싫었어?"

"아, 아니……. 싫지는 않았는데…… 그…… 여기서 멈춰야 할 것 같아서."

머릿속에서 이 이상 나아가면 안 된다는 목소리가 요란하게 울려 퍼지고 있었다. 누구 목소리냐고? 내 목소리다. 이 이상은 진짜, 위험하다.

요신의 손이 내 목에서 떨어지는 순간이 가장 아찔했다. 우연이나마 그의 손이 떨어지면서 나의 목덜미를 스치듯 어루만지고 지나는 감촉이 몹시…….

소리가 새 나오는 걸 막은 자신이 대단하다 싶어질 정도였다.

"그, 그래."

미안하다는 얼굴로 손을 거두는 그에게 나는 조용히 고개를 끄덕였다.

농담이라도 더 해도 된다거나, 왜 만져주지 않냐고 말할 여유조차 없었다.

또 만져줬으면 했지만, 만지면 분명 큰일이 날 것 같았다.

그런 마음 때문인지, 아니면 목소리를 참았던 반동인지 나는 아무 말도 할 수 없게 되었다. 말하려 해도 목이 막힌 것처럼 소리가 나오지 않았다.

한동안 나와 요신 사이에 침묵이 흘렀다.

민망한 기분에 시선을 피했지만, 서로 힐끔거리며 상대를 바라보고 만다.

몇 번인가 시선을 움직이다가, 딱 눈이 마주쳐 나도 모르게 웃고 말았다.

내가 웃자, 요신도 웃었는데, 그것이 묘하게 기뻤다. 넘어뜨린 것 같은 자세인데도 어쩐지 평온한 기분이 들었다.

조금은 두근거리지만.

한 번 시선이 마주치자, 시선을 피하지 않고 서로를 바라보다. 역광 탓에 그의 표정이 평소와 달라 보이는 것이 조금 신선했다.

"나나미……."

"응? 왜?"

좀 진지한 표정을 지은 요신이 내 눈을 바라보았다. 나는 그 시선을 정면으로 마주하며 미소 지었다.

"……왜 귀를, 그…… 혀로 그런 거야……? 정말 그냥 무의식중에……?"

진지한 표정으로 아까의 일을 질문한다. 말을 조금 얼버무리는 것을 보면 요신도 쑥스러운 것일지도 모른다.

뭐야, 귀여워.

"아, 그게 말이지……."

무의식중에 저지른 일이지만, 실은 이유가 하나 더 있다. 그것도 눈앞에 없었다면 하지 않았겠지만.

"실은, 그……."

"실은?"

"남자는 귀를 핥아주면 좋아한다고 들어서……."

"잠깐, 누구한테서……?"

"피치랑 나오."

오오, 이렇게 고뇌하는 표정을 한 요신을 보는 건 오랜만이다. 굉장히 쓴 무언가를 삼킨 듯한 얼굴이다.

피치도 모자라 나오까지 끼어든 게 고뇌의 포인트일지도 모른다. 요신이 아르바이트하는 곳의 선배니까.

오해가 있을 것 같은데, 우연히 두 사람이 비슷한 화제를 가지고 있었을 뿐이다.

피치는 최근 ASMR을 공부하고 있는데, 그 과정에서 그…… 귀를 핥는 게 있다는 것을 알게 되었다.

나오는 여자애가 귀여운 목소리로 속삭이는 음성에 빠져있다고 했다. 참고로 남자 음성은 너무 부끄러워서 못 듣겠다고 했다.

문제는 두 사람의 발상이 비슷했다는 점이다.

『속삭이며 귀를 핥아주면 효과 만점이 아닐까.』

처음에는 도무지 부끄러워서 할 수 없다고 했는데, 막상 때가 오니 나도 모르게 해 버리고 말았다. 나는 자제심이 없는 편일까?

"피치는 그렇다 치고, 유우 선배까지……."

어? 요신에게 피치는 그럴 사람인 거야?

이야기를 들어보니, 피치는 요즘 보이스 채팅에서도 게임 친구들을 상대로 ASMR 연습을 한다는 모양이었다.

건전한 범위에서 모두를 상대로 연습하고 있다는데…….
괜찮을까, 게임 동료들? 잡혀가는 건 아니겠지?

어쨌든, 그런 경위로 인해 나는 요신의 귀를 이렇게……
핥아버리고 만 것이다.

"나나미가 둘에게 안 좋은 영향을 받으면 어떻게 하지?"

오오, 요신이 피곤한 얼굴로 축 늘어져 있다. 지인에게서 들은 이야기라는 말이 생각보다 더 심신을 지치게 한 모양이었다.

나는 대답하지 않고 은근슬쩍 웃음으로 얼버무렸다.

둘에게 영향을 받긴 했지만, 이게 나쁜 건지는 아직 모르겠다. 나는 제법 즐거웠으니 오히려 좋은 영향 아닌가?

내가 얼버무리자, 요신은 어쩔 수 없다는 미소를 지어 보였다.

나는 이 미소가 좋다.

내가 이상한 짓을 해도 요신이 용서하고, 받아들이는 느낌이 들기 때문이다.

언젠가 용서받지 못하게 되면? 그런 상황을 상상하는 것만으로도 등골이 서늘해지고 눈물이 날 것 같았다. 그래서 일부러 그를 곤란하게 하거나 속이는 일은 하고 싶지 않았다.

이건 사소한 장난이기에 납득해줬다는 사실을 명심해야지.

선을 넘으면 언젠가 크게 실수할 것이다.

그리고 지금부터 내가 물어보는 것은 그 범주에 들어가지 않기를 바라자. 아까 여러 이유도 대답을 듣지 못한 질문이기도 하다.

이것만은 물어보지 않으면 알 수 없었다.

"다시 한번 묻고 싶은데, 괜찮아?"

"뭔데?"

그런 물음을 받았지만, 곧바로 말이 나오지 않았다. 목이 꽉 막혀버린 느낌에 한 박자 쉬고 깊게 숨을 들이마셨다.

나는 천천히, 호기심이 긴장을 넘어서는 순간을 기다렸다가, 의아한 얼굴로 내 말을 기다리는 요신에게 말을 걸었다.

"……요신, 아까 그거…… 기분 좋았어?"

직접적으로 물어보지 못하고 아까 그거, 라는 말로 얼버무렸지만, 의미는 전해졌을 것이다. 그 증거로…… 눈을 동그랗게 뜨고 놀란 요신의 얼굴이 점점 빨개졌다.
그 반응만으로 대답을 알 것 같았지만, 나는 굳이 그의 대답이 듣고 싶어서 계속 응? 응? 하며 재촉했다. 새빨개진 요신은 얼굴을 살짝 내게서 돌리며 조용히 중얼거렸다.

"……좋았던 것 같아."

그 대답을 듣고 어쩐지 기분이 좋아진 나는 새어 나오는 웃음을 참지도 않은 채 그에게 손을 뻗어 강하게 끌어안았다.
균형을 잃은 요신이 내 위에 그대로 엎어졌고, 한동안 우리는 침대 위에서 서로 끌어안고 있었다. 요신의 얼굴이 딱 내 귓가에 놓인 자세였다.
아까와 반대 자세가 되었지만…… 요신은 내 귀를 핥지는 않았다.
칫.

조금 부끄러운 이야기지만, 체육제와 운동회가 다르다는 사실을 나는 모르고 있었다. 아무래도 학생이 운영에 관여하는지 여부에 따라 달라지는 모양이다.

그래서 '제'라는 글자가 있는 건가? 학교제와 짝을 이루는 체육 분야의 학교제, 그것이 바로 체육제라는 거겠지.

"하하하핫! 체육제도 힘내자아~!!"

가슴팍에 큼지막한 디자인과 함께 '2-2'라고 새겨진 티셔츠를 입은 히토시가 한껏 신난 모습으로 허리에 손을 얹고 있었다. 참고로 등에는 출석번호와 함께 '여친 모집 중!'이라고 적혀 있다.

그토록 염원하던 반 티셔츠를 만들어서 기분이 좋아진 거겠지. 다른 아이들도 배부받은 반 티셔츠를 들고 떠들고 있었다.

오늘 홈룸 시간에는 체육제의 최종 확인과 반 티셔츠 배부가 있었다. 희망자들끼리 돈을 모아 하자는 이야기였는데, 놀랍게도 전원이 희망했다.

몇 명은 반대하거나 희망하지 않는 사람이 있을 줄 알았는데.

아마 남자애들은 히토시의 한마디가 결정적이었던 것 같다.

『사실상 반 여자애들이랑 커플티인 거잖아?』

효과는 뛰어났다! 선생님이 돈을 조금 보태주시기도 했고.

새삼 생각하니, 나는 나나미랑은 커플티를 입어본 적이 없다.

나나미가 언급한 적이 없는데, 그런 건 별로 좋아하지 않는 걸까?

나는 나나미가 기뻐한다면 딱히 상관없다.

하지만 남녀가 완전히 똑같은 옷을 입는 건 어렵지 않을까. 어울리고 안 어울리고의 문제도 있을 거고, 옷의 디자인 문제도 있고…….

그런 의미에서 이 반 티셔츠는 커플룩의 연습 같은 느낌이었다. 이걸 입고도 저항감이 들지 않는다면, 향후에는 커플룩을 생각해 봐도 좋겠지.

인생 첫 반 티셔츠를 받아서 그런 걸까. 조금 마음이 들떠서 이런 생각이 드는 것일지도 모르겠다.

"요신은 안 입어봐?"

어느새 옆에 와 있던 나나미도 티셔츠를 들고 있었다. 아무래도 여자애들은 이곳에서는 갈아입기 어렵겠지.

"이걸 입으려면 셔츠를 벗어야 하는데, 여기서 벗는 건 좀…….

"아, 그러네."

몇몇 남자애들은 신이 나서 그런지 여자애들이 있음에도 그냥 반 티셔츠로 갈아입었다.

여자애들은 그런 남자애들의 모습에 어이없어하면서도, 편하게 갈아입는 게 부러운 눈치였다.

참고로 도중에 카모에나이가 "나도 그냥 여기서 갈아입을까?"라고 말하며 옷을 벗으려 한 탓에 뜯어말리는 소동이 있었다. 지금은 오토후케에게 설교를 듣고 있다. 정말 어디로 튈지 알 수 없는 사람이다.

"뭐야, 요신. 뭘 빼는 거냐. 설마 키스마크라도 있냐?"

"너는 그런 말을 하니까 여친이 안 생기는 거 아닐까?"

반사적으로 나온 내 가벼운 농담에 히토시가 조용히 격침당하고 말았다.

아차 나도 모르게 반격이…….

하지만 이 정도는 정당방위다. 그런 소릴 하면 나나미가 부끄러워하잖아?

"젠장. 요신은 그때 이후로는 날 이름으로 불러주지도 않고, 나는 여친이 생길 기미도 안 보이고……! 체육제에서 반드시 활약해서 인기를 얻고 말겠어."

침울해진 얼굴로 어깨를 축 늘어뜨린 히토시가 우리들에게서 떨어지더니 여자들 쪽으로 걸어갔다. 그 와중에도 여자애들에게 향하는 걸 보니 그렇게까지 우울한 것은 아닌 모양이다.

참고로, 그의 말대로 나는 히토시를 좀처럼 이름으로 부르지 못하고 있었다.

속으로는 할 수 있지만, 막상 친구를 격조 없이 부르는 건 좀 어려웠다. 한번 시작하면 이후는 쉬울 텐데, 매번 새삼 민망함이 들었다. 분위기가 갖춰지지 않으면 부르기가 힘들다.

"으우…… 둘이 왜 꽁냥거려?"

"남자랑 그럴 리가 없잖아……."

나나미가 발끈한 얼굴로 볼을 부풀렸지만, 나는 인정할 수 없다.

책상 위에 상반신을 기대고 있던 나나미가 푸우, 하고 입에서 공기를 내보냈다.

"여자의 감이야. 이름으로 못 부르는 건 부끄러워서 그런 거잖아?"

"……어떻게 알았어?"

"여친이니까. 근데 그런 건 나한테 느껴야 하는 거 아냐?"

"나나미는 이미 나나미라고 부르고 있잖아."

"하지만, 하지만! 뭔가 복잡한 감정이 가슴속에서 소용돌이치는 것 같아……."

나나미 자신도 생각이 잘 정리되지 않는지, 볼을 부풀리면서 고민스러운 얼굴로 머리를 감싸 쥐었다.

왠지 모르게 그녀가 무슨 말을 하려는지는 알 것 같았다.

내가 나나미의 이름을 처음 부른 건 그날 보건실에서였다. '씨'가 붙기는 했지만.

당시 나나미의 부탁이기도 했고, 나도 그녀에게 호감을 사려고 필사적이었던 때라서, 그런 갈등을 겪을 틈이 없었다.

결코 내가 히토시를 여주인공처럼 느껴서 이러는 게 아니라는 말이다.

"설마 남자에게 질투심을 느낄 날이 올 줄이야……."

"학교제에서도 비슷한 말을 하지 않았어?"

"그때는 농담으로 한 말이었지. 진심으로 이런 말을 하게 될 줄은 몰랐어……."

가볍게 한숨을 내쉰 나나미는 우울한 얼굴을 하고 있었다. 그녀가 기운을 냈으면 하는 마음에 나는 나나미에게 티셔츠를 보여주었다.

"괜찮아, 괜찮아. 걱정하지 마. 자, 내 등에는 나나미의 이름이 새겨져 있잖아."

티셔츠를 펼치자 '나나미와 함께'라는 글자가 새겨져 있었다. 솔직히…… 솔직히 말하면 정말 부끄러웠지만, 티셔츠를 만들 때 나나미가 모처럼이니까 티셔츠 글자를 똑같이 맞추지 않겠냐고 부탁하는 바람에 어쩔 수가 없었다. 모처럼 반에서 함께하는 추억이니 그런 것이 있어도 나쁘지 않다는 생각이 들기도 했고.

그러니까 이렇게 등에 새겨도 부끄럽지 않을 범위에서 문자를 넣은 것이다.

"에헤헤, 기쁘다."

　나나미도 티셔츠를 펼쳤다. 거기에는 '요신과 함께'라는 글자가 새겨져 있었다. 하트도 넣고 싶다고 했지만, 그건 너무 과할 것 같아서 뺐다. 나나미의 제안은 그, 노골적이라고 해야 할까, ~러브 같은 문구가 많았다. 최종적으로는 이 글자가 가장 무난해서 이걸로 골랐지만.

　지금 이렇게 프린트된 글자를 보고 기뻐하는 나나미를 보면서 나는 불쑥 이런 말을 했다.

"나나미, 혹시 말이야."

"응?"

"처음에 민망한 문구를 보여줬던 게…… 애초에 이걸로 타협할 생각이었던 건 아니지?"

　생글생글 웃으며 몸을 흔들던 나나미의 움직임이 딱 멈췄다. 마치 나나미만 시간이 정지된 것처럼 꼼짝도 하지 않는다.

　어쩐지 웃는 얼굴이 굳은 것처럼 보이기도 하고, 자세히 보니 아주 조금 식은땀도 흘리고 있다.

　……정곡이었나?

"나나미?"

　살짝 추궁의 어조를 담아 나나미에게 얼굴을 가까이 가

져가자, 나나미가 당황하며 내게서 시선을 돌렸다. 정곡이
구나.

"……네, 맞아요."

항복했다는 얼굴로 나나미는 티셔츠의 글자를 내게 보
여주었다. 그렇구나, 교섭 테크닉 중에 그런 방식이 있다
는 말을 들은 적은 있는데, 설마 내가 당할 줄은 몰랐다.

"……요신, 화났어?"

"아니. 화나진 않았어."

딱히 화가 난 것은 아니다. 이마를 치게 되는 유쾌함이
라고나 할까. 몰래카메라에 당하면 이런 기분이 아닐까?
나나미의 책략에 감탄이 나온다.

나나미는 내가 화를 안 낸 것을 보고 가슴을 쓸어내리고
있다.

"너무 애정 표현이 과한 건 나도 부끄러우니, 이 정도면
괜찮지 않을까 생각했어. 하지만 요신은 이것도 부끄럽다
고 싫어할 수도 있으니까, 조금 잔꾀를 썼어……."

현명한 방법이다. 처음부터 원래 문구를 보여줬다면, 나
는 주저했을지도 모른다.

"그래, 나나미가 드디어 나에게도 공격을 넣을 수 있게
됐구나."

나는 그게 기뻤다. 나나미가 날 그만큼 편하게 생각한다는
뜻이니까.

하고 싶은 말을 다 하는 것 같아도, 묘하게 조심스러워지는 순간이 있다. 서로를 존중하는 것 또한 중요하지만, 언제까지고 거리감을 품고 있는 건 문제다.

그렇기에 나는 나나미의 이런 변화가 좋게 느껴졌다.

너무 지나치면 이것도 오해의 원인이 될 수 있으니 조심해야겠지만.

"미안……."

"그런 게 아니야. 나나미가 날 상대로 더욱 자기주장을 하기 시작한 게 기뻐서 그래."

"그래? 그러면 요신도 더 주장해 줘."

그걸 해달라고 말해도 말이지……. 곧바로 떠오르지는 않는다. 나나미에게 지금보다 더 이기적으로 내 의견을 말할 게 뭐 있나?

끙끙대며 고민해 보았지만, 결국 답은 나오지 않았다.

"당장은 떠오르지 않네. 그럴 일이 있으면 말할게."

그 대답을 듣고 나나미는 흐뭇한 얼굴로 미소 지었다. 자기주장 하겠다는 말을 듣고 기뻐하는 것 같아서 조금 이상하지만, 나쁘지 않다.

"응. 요신도 사양하지 말고 나한테 넣어줘!"

나나미의 말에 주위가 술렁였다.

나도 순간 뭔가가 잘못됐다는 걸 깨닫고 꼬꾸라질 뻔했다.

아까 내가 공격 어쩌고 했던 말을 따온 거겠지. 분명 그럴 것이다. 분명 다른 의도는 없다. 절대 없다.

나나미는 내 놀라는 모습에 당황한 표정을 짓고 있었다.
주변 애들도 눈치를 보고 있다.

이건 내 잘못이다. 나나미는 그쪽 표현을 잘 모른다. 그저
내 마음이 더러운 것뿐이다.

나처럼 놀란 녀석들도, 다 마음이 오염된 거다. 아마도.

아무도 나서질 않자, 나나미에게 오토후케가 무어라 귓
속말을 했다.

이윽고 나나미의 얼굴이 한순간에 달아올랐다.

만화에서 흔히 볼 수 있는, 펑 터졌다는 표현이 어울리
는 순간이었다. 오토후케는 그런 나나미를 보고 웃음을 짓
고 있었다.

주위를 둘러본 나나미가 살짝 눈물을 글썽인다. 그러고
는 도움을 청하듯 내 쪽으로 비틀비틀 다가왔다.

그대로 그녀가 내 옷자락을 잡았다. 어쩔 수 없었다. 의
미를 몰랐으니까.

나를 비롯해 주변 사람들이 부끄러워하는 나나미의 모
습을 흐뭇한 눈으로 바라보고 있는데…….

"……그, 그쪽의 의미라고 해도, 나, 나는…….."

"나나미! 여기선 안 돼!"

그런 마음이 다 날아갔다.

나나미가 혼란스러운 얼굴로 눈을 이리저리 굴리고 부

들부들 떨며 나를 올려다보았다. 그 눈동자에는 희미하게 눈물도 엿보였다.

나나미의 부끄러움이 한계를 돌파하여 자폭 모드에 들어갔다.

나도 당황해서 오해의 소지가 있는 대답을 하고 말았다. 단둘이었다면 괜찮다는 뜻 같잖아.

다만 주위도 동요한 탓인지 내 지적에 반응은 없었다.

주위가 웅성거리는 가운데, 일단 나는 나나미를 진정시키기 위해 그녀를 부드럽게 어루만졌다. 마치 강아지를 진정시키는 기분이었다.

"자, 나나미, 천천히 심호흡해. 괜찮아."

"아으…… 고마워……."

심호흡할 때마다 나나미의 얼굴에서 붉은빛이 서서히 가라앉았다. 당황해서 흐트러졌던 호흡도 조금씩 정상으로 돌아왔다.

주위 아이들은 내가 그렇게 큰소리를 낸 것도 의외였는지 놀란 얼굴을 하고 있었다. 확실히 교실에서 그렇게 큰소리를 낸 건 처음이었다.

"너희들, 교실에서는 좀 자중해라."

히토시에게서도 그런 지적이 날아와 나나미도 나도 몸을 움츠렸다. 아니, 정말 미안합니다. 주위 아이들에게도 사과했다.

그래도 평소에는 조금, 아주 조금 더 자숙하고 있습니다. 진짜로. 설득력이 없을지도 모르지만…….

"뭐, 그 상태로 업고 달리기 경기도 열심히 해 줘. 그 옷을 입고 나가면 분위기도 엄청 달아오르겠네."

"어?"

"엥?"

무심코 되물은 내 말에 히토시가 고개를 갸우뚱하며 대답한다. 나는 경기에 반 티셔츠를 입을 생각은 없었는데?

"아니, 경기에서 입지 않으면 아무 의미가 없잖아……."

내 마음을 읽은 것처럼 들려온 그 말에, 나는 무심코 나나미에게 시선을 돌렸다. 나나미 역시 의아함이 담긴 얼굴로 나를 보고 있었다.

마치 '안 입을 생각이었어?'라고 말하는 것 같은 얼굴이었다.

다른 사람들도 모두 당연히 경기에서 입는 거 아니었냐는 표정을 짓고 있었다. 그랬구나, 그런 거였구나. 나는 그런 발상 자체가 없었다.

"음, 요신…… 이기적인 소리 하나 해도 될까? 그걸 입고 같이 경기에 나가줬으면 좋겠어……."

……조금 전 그런 대화가 오간 상황에서, 나에게 그 부탁을 거절한다는 선택지는 없었다.

이런 티셔츠를 입고 경기에 나가면 더 바보 커플처럼 보이지 않을까 생각했는데…… 주위 아이들에게 이제 와서 그런 걸 신경 쓰냐는 지적을 받고 말았다.

마침내 체육제 당일이 되었다.

이번에는 특별히 위원 일을 맡지는 않았기 때문에, 참가하는 경기를 결정하고 모든 준비를 마칠 수 있었다. 반 티셔츠도 맞춰 입어 통일감도 훌륭하다.

우리 학교 체육제는 이틀에 걸쳐 개최되며 1일차에는 구기 종목, 2일차에는 육상 종목을 중심으로 열린다. 나와 나나미가 참가하는 업고 달리기 경기는 2일차에 개최된다.

뭐, 나도 나나미도 당연히 그 이외의 경기…… 1일차에 열리는 구기 종목 등에도 참가할 예정이다.

나나미는 배구에 나간다고 했었나? 그리고 내일 열리는 응원전에도 나갈 예정이었다. 치어리더 의상을 입지는 않는다.

이 의견을 들은 반 아이들 전체에게서 탄식……이 아니라 불만이 나왔는데, 내가 단호히 반대했다.

독점욕이라느니 행복을 나눠야 한다느니 하는 말이 들려왔지만, 그런 항의는 듣지 않았다. 내 마음에 아무런 타격도 주지 않았다.

왜냐하면 치어리더 의상의 치마가 너무 짧았으니까.

보여도 괜찮은 속옷을 입는다고 하는데, 그래도 허락할 수 없었다. 허락하고 싶지 않았다. 아무리 보여줘도 된다고 해도 보여줄 수 없다. 말도 안 되는 소리다.

그리고 상의도 마찬가지로 짧았기 때문에 배꼽이 언뜻 언뜻 보인다. 용케 허락받았구나 싶은 옷이었는데, 이 정도는 평범한 거겠지. 내가 너무 과민한 것뿐이다.

하지만 반 친구들과 그런 논쟁을 벌이게 될 줄은 몰랐기 때문에 그건 그거 나름대로 재미있었다.

참고로 오토후케와 카모에나이, 시리시즈 이 세 사람은 치어리더 의상을 입는다고 했다. 그 밖에도 몇몇 여자아이들도 치어리더 의상을 입기로 했다.

"……나나미의 치어리더 의상, 보고 싶었는데."

그런 말을 혼자서 중얼거렸다. 응, 솔직히 말하면, 나 혼자였다면 분명 치어리더 의상을 보고 싶었을 것이다. 단지 많은 사람 앞에 보이고 싶지 않았을 뿐이다.

그보다 오토후케랑 카모에나이는 괜찮은 건가? 그런 생각에 물어보니 오히려 남자친구를 애태우고 싶고 사진도 보여주고 싶어서 치어리더 의상을 입는다고 했다.

소이치로 씨 일행이 고생하겠네. 나였다면 제정신이 아니었을 것이다. 오랜 시간 사귄 사이는 다 이런 걸까?

시리시즈 커플은 어떨까? 테시카가는 치어리더 의상을

입은 시리즈를 보고 어떻게 생각하고 있을까……?

은근슬쩍 물어보니…….

"타쿠는 말이지, 잘 어울릴 것 같으니까 입는 게 어떠냐고 하더라. 남들이 봐도 괜찮냐고 물어보니까, 내가 결정한 거라면 상관없대…… 후후후……."

무서웠다. 너무 무서웠다. 웃는 모습이 무서웠다. 죽은 눈빛이 무서웠다. 왠지 뭔가 테시카가 걱정되기 시작했다.

"물론 성가시고 귀찮은 바람이란 자각은 있어. 하지만…… 그래도 한 번 정도는 말릴 수도 있는 거 아니야? 잠깐이지만 전에 고백도 했던 사인데? 바로 헤어졌지만."

저주 같은 말을 중얼중얼 뱉는 시리즈를 보고 나와 나나미, 오토후케 일행도 무슨 말을 해 줘야 할지 알 수 없었다.

연인이 있는 우리들이 말해봤자 위로가 되기는커녕 기름만 붓는 꼴일 테니까.

참고로 나는 테시카가에게 상담해 주고 있었다. 그때 그는 '스승, 제가 코토하한테 뭐라고 말했어야 했을까요? 저는 이래서 안 되는 걸까요?'라고 털어놓았었다.

테시카가 역시 시리즈를 향한 거리감을 잡아 나가고 있는 거겠지. 스승이라는 호칭은 사양이지만, 상담은 언제라도 환영이다.

일단 남들이 보는 게 싫다면, 진의를 확실하게 전하는 게 좋다고 조언했다. 내 처지에 남에게 조언할 자격이 있는지는 모르겠지만…….

이처럼 여러 생각들이 뒤섞인 응원전은 내일 개최될 예정이다.

나도 나나미가 어떤 응원을 할지를 기대하며 오늘 경기에 최선을 다하자.

"그런데 나나미가 늦네."

나는 지금 아무도 쓰지 않는 체육 창고에 혼자 덩그러니 서 있었다. 이제 곧 내가 참여하는 농구 시합인데…… 뭐, 아직 시간은 좀 있으니까 괜찮겠지.

이런저런 일이 있어서 난 농구에 참여하게 되었다.

쇼이치 선배와 겨뤘던 이야기가 어디서 와전됐는지, 체육제 출전 종목을 결정할 때 히토시에게 함께 하자고 권유받은 것이다.

구기 종목은 자신 없지만, 첫 친구에게서 받은 권유를 끊기는 어려웠다. 더구나 구기 종목을 최소한 하나 이상은 무조건 참가해야 했기에, 결국 이렇게 됐다.

함께 연습하면서 다들 내가 별로 잘하지 못한다는 사실이 밝혀졌지만, 그래도 꽤 재미있었고 실력도 좀 늘었다.

쇼이치 선배도 '우리 사이에 서먹하게 왜 그래!'라고 말하며 연습을 도와줬다.

그런데 바로 그 선배와 1회전에서 맞붙다니, 굉장한 아이러니였다.

농구부가 있는 팀을 이기는 건 현실적으로 어렵다. 하지만 일단 최선을 다하자는 의견에는 동의했다.

이길 수는 없더라도 포기하지 않고 전력을 다해 도전한다. 그것도 나름 좋은 추억이 되지 않을까.

그래서 선배와의 시합을 앞둔 상황. 나나미가 따로 나를 부르기에 여기 왔는데…….

스마트폰으로 『조금만 더 기다려줘』라는 연락이 왔다. 잊은 것은 아닌 것 같은데.

만약 나나미가 나를 불러놓고 잊어버리는 일이 생긴다면 나는 울 자신이 있다.

가만, 나나미에게 불려서 나 혼자 기다리는 건 이게 처음 아닌가?

고백을 받았을 때도 그녀와 함께 이동했었고, 저번에 바니걸 차림을 보여줬을 때도 같이 이동했다.

아, 데이트 때 일부러 만날 장소를 정해서 만난 적이 있긴 한데…….

그래도 비교적 언제 어디서나 함께 있었기에 이렇게 혼자 기다리는 일은 드물었다.

약간 묘한 기대감이 올라오기 시작했다.

이것 참. 어느새 나도 체육제를 나름 즐기고 있지 않은가. 막연했던 거부감도 상당히 옅어졌다. 스스로 생각해도 참 단순하다.

물론 하나부터 열까지 전부 나나미나 반 아이들 덕분이다. 지금의 반 아이들과 함께라면 행사에도 참여해 보고 싶다는 생각이 든다.

학교 일정도 체육제가 끝이 아니니 기회가 남아있다. 다음은 수학여행이었나? 올해 수학여행은 어디로 가려나…….

나는 원래 이런 단체 행사에 전혀 흥미가 없었다. 1학년 때는 심지어 참여를 두고 부모님과 조금 다퉜기까지 했었다.

부모님의 설득으로 결국 다녀왔는데, 지금 생각하면 그때 나를 설득해 주신 부모님께 감사하다. 다음에 슬쩍 감사의 말을 전해 볼까…….

"미스마이, 미안. 오래 기다렸지?"

문득 내 이름을 부르는 소리가 들려 흠칫했다. 목소리의 주인은 나나미가 아니라, 오토후케와 다른 아이들이었다.

어라? 나나미는?

줄줄이 들어온 여자들의 모습에 나는 눈을 동그랗게 떴다. 그녀들은 내 쪽이 아니라 뒤쪽을 신경 쓰며 창고로 들어왔다.

그녀들은 전부 치어리더 옷을 입고 있었다.

치어 연습 중이었나? 아니면, 응원전과는 별도로 그 의상을 입고 응원할 계획이 있는 걸까?

그때, 마지막으로 나나미가 들어왔다.

치어리더 옷을 입은, 나나미가.

……어?

"에헤헤…… 기다렸지, 요신."

내가 눈을 동그랗게 뜨자 나나미가 수줍은 얼굴로 내게 손을 흔들었다. 손에 든 응원술이 나나미의 움직임에 따라 흔들렸다.

다른 아이들은 나나미가 들어온 것을 확인하자마자 "좋은 시간 보내~"라고 말하고는 나가버렸다.

체육 창고 문이 닫히자, 나와 나나미만 남았다.

이윽고 문 너머에서 응원 연습을 하는 소리가 들려왔다. 나는 이게 대체 어떻게 된 일인가 싶어 나나미를 바라보았다.

"그게, 모처럼 치어리더 의상이 있으니까 다 같이 농구를 응원하자는 이야기가 나왔거든."

"그렇구나. 다들 좋아하겠네."

"나도 요신을 응원하고 싶다고 했더니…… 다들 도와줬어."

나나미는 수줍게 미소 지었다.

모두의 앞에서 치어리더 의상을 입는 것은 내가 반대했다. 하지만 나나미는 귀여운 옷을 입고 나를 응원하고 싶다…… 그래서 시합 전에 개인적으로 응원해 주는 쪽으로 이야기가 나온 모양이었다.

그래서 다른 아이들이 나나미를 숨겨서 몰래 데려온 거구나. 남들 모르게 하려고.

모두가 협력해 준 덕분에 가능한 일이다. 이전처럼 내가 반에 어울리지 못하고 오토후케 일행과만 지냈다면 어림도 없을 일이었다.

물론 그렇더라도 나나미는 나와 달리 모두와 친하니까, 할 수 있었을지도 모르지만.

모두에게 언젠가 이 은혜를 보답해야겠다.

나도 속으로는 나나미의 치어리더 차림을 보고 싶었기에 좋은 기회였다.

이곳에는 우리 둘뿐이니, 다른 사람이 볼 수도 없다. 내 이기심을 나나미가 이뤄준 것이다.

"어. 어때?"

부끄러움을 얼버무리기 위함인지 나나미가 어딘가 장난스러운 얼굴로 두 팔을 벌렸다.

나나미의 치어리더 차림은 귀여웠다. 나도 모르게 할 말을 잃었을 정도다.

플리츠 스커트에, 위는 탱크톱이라고 하나? 소매가 없는 상의라 어깨 끈이 두꺼운 런닝셔츠처럼 보이기도 했다.

머리 모양은 뒤로 묶은 포니테일 스타일이었지만, 평소에는 하지 않는 큰 리본이 달려 있었다.

흰색을 바탕으로 깔끔한 파란색 라인이 들어가 있는 청량한 느낌의 치어리더 의상이었다. 건강해 보인다고도 할 수 있었다.

물론 건강해 보인다고는 해도 어깨도 보이고 배꼽도 보이고…… 치마 역시 꽤 짧아서 아슬아슬했다. 귀엽긴 하지만 모두의 앞에서 선보이기에는 용기가 좀 필요한 의상이다.

그런 의상을 나나미는 멋지게 소화했다. 아무 위화감이 없다. 내가 그녀를 귀엽다고 생각해서 그런 것일지도 모르지만.

"응, 귀여워. 아주 잘 어울려."

이럴 때는 얼버무리면 안 된다. 솔직하게 생각을 전해야 한다.

나나미는 웃으며 제자리에서 빙글빙글 돌았다. 치마가 살짝 떠올랐다가 살포시 가라앉는다.

"여기라면 요신만 볼 수 있으니까 괜찮지?"

나나미가 응원하듯 손에 든 응원술을 움직였다.

"고마워, 나나미. 내 독점욕 때문에 이런 수고를……. 혹시 나 때문에 입고 싶은 옷도 못 입거나 하는 건 아니지? 답답하지 않아?"

지나친 속박은 상대를 피곤하게 할 뿐이다. 내 욕심이 나나미의 부담이 되면 의미가 없다.

나나미가 옷을 자유롭게 입어줬으면 좋겠다. 물론 나도

걱정될 때는 걱정된다고 솔직하게 전할 거다. 대화는 중요하니까.

나나미는 체육 창고 한쪽 매트 위에 쪼그리고 앉았다.

치마 차림인데도 과감하게 다리를 구부리고 앉는다. 치마가 다 가리지 못한 탓에 안쪽이 보이고 말았다.

"나, 나나미? 그렇게 앉으면 보이는데……."

눈을 돌리는 것도 실례인 것 같아서, 나는 최대한 나나미의 얼굴을 쳐다보며 속옷이 보인다는 것을 지적했다.

하지만 나나미는 신경 쓰는 기색도 없이 다리를 풀고 자세를 바꾸더니, 스스로 치마 끝을 살짝 집어 올리며 유혹하듯 웃었다.

"속바지라서 괜찮아."

"그게 문제가 아닌 거 같은데……."

나나미는 치마 끝을 나비처럼 그것을 나풀거리며 나를 놀렸다.

나도 안다. 테니스할 때 쓰는 그거지? 하지만 속옷이 아니라고 한들, 보여도 상관없는 것과 대놓고 보여주는 것은 엄연히 다르다.

이렇게 하면 오히려 속옷을 과시하는 거 같잖아.

내 표정을 본 나나미가 웃으며 치마에서 손가락을 뗐지만, 포즈는 여전히 그대로였다.

"신기하지? 따지면 수영복이랑 별반 다를 게 없는데, 수영복은 괜찮고 속옷은 안 된다니. 속바지도 마찬가지야. 속옷이 아니라서 누가 봐도 괜찮은 거지만, 그렇다고 요신 외의 사람에게 보여도 괜찮다는 건 아니야."

나나미가 다시 치마 끝을 팔랑거리며 말했다.

진지한 표정으로 할 행동이 아닌 거 같은데⋯⋯.

그녀의 말에는 나도 동의한다. 수영복과 속옷의 논리. 어차피 보이는 면적은 같은데, 뭐가 다른 걸까.

"아마 이건 내 감정의 문제라고 생각해. 평소에 숨기는 속옷은 부끄럽다. 하지만 보여줘도 괜찮은 옷이라면 같은 디자인이라고 해도 괜찮다⋯⋯."

본인의 인식이 중요하다는 건가. 확실히. 애초에 보이는 용도라면 부끄러운 일이 아니라는 심리다.

속옷과 수영복의 면적은 비슷하지만, 둘의 목적성은 다르다. 따라서 인식도 다를 수밖에 없다.

"그러니까 그거야, 속바지는 아무렇지도 않지만 이걸 벗고 속옷을 보여주는 건 역시 부끄럽다는 거지. 아, 혹시 보고 싶어? 볼래?"

"매우 보고 싶지만, 학교니까 사양할게."

"으음~? 아쉽네~."

이건 나나미의 농담이다. 나도 농담으로 대답했다. 서로 약속된 대화다.

나나미는 즐겁게 웃으며 치마를 원래대로 되돌렸다.

농담으로 했는데도 부끄러웠는지, 나나미의 얼굴이 살짝 붉었다. ……설마 진심은 아니었겠지?

나나미가 천천히 자리에서 벌떡 일어나자, 치마가 살짝 떠올랐다.

위로 둥실 떠오른 치마의 모습이, 마치 판타지에 나오는 요정의 날개처럼 느껴졌다.

체육 창고에 요정이라니, 이렇게 안 어울리는 조합이 있을까.

나나미가 치마 끝자락을 집고 살짝 들더니 내게 다시 한 번 속바지를 내보였다. 하지만 서 있는 상태에서는 역시 부끄러웠는지 금방 손을 내렸다.

아무리 보여도 되는 속옷이라고는 하지만, 몸짓의 의도를 알기에 몹시 해롭다.

내 당황스러움을 눈치챘는지, 나나미는 천진난만하게 웃었다.

"요신의 걱정도 이 속바지 같은 거 아닐까?"

"……으응? 무슨 말인지 잘 모르겠는데."

"내가 어떻게 느끼느냐에 따라 다르다는 거 말이야. 결국은 마음먹기 나름이라는 거지. 요신이 독점욕이라고 생각하는 것들도 나는 별로 답답하지 않아. 그러니까 괜찮아."

그녀가 자리에서 빙그르르 돌며 말했다.

"오히려 내가 요신을 속박하고 있지는 않을까, 부담스럽지는 않을까 걱정일 정도야."

물론 나나미가 가끔 무거운 애정이 담긴 말을 할 때가 있지만, 나는 그걸 무겁다고 생각한 적은 없다.

뭐, 마음의 무게는 곧 사랑의 무게라고 생각하면 되지 않을까.

근육을 단련할 때도 적절한 부하, 즉 무게가 필요하다. 사랑의 무게 역시 마음의 단련에 도움이 될 것이다.

물론 운동도 과하면 역효과가 나듯, 애정 또한 마찬가지 겠지만, 적어도 나는 무겁다고 느낀 적은 없다.

"난 나나미의 무게는 전혀 부담스럽지 않아. 오히려 딱 좋아."

"으음…… 이럴 때는 무겁지 않다고 해야 하지 않아?"

"나는 그것도 애정의 근력 운동에 필요한 무게라고 생각해."

"애정의 근력 운동?!"

내가 만든 이상한 단어에 곧장 반응이 돌아왔다. 나는 괜찮은 비유 같은데. 애정이 근육이 되어버렸지만.

"그럼 나도 요신의 애정으로 근력 운동하는 중인 거야?"

내 설명에 나나미는 재밌다는 얼굴로 알통을 만들어 보인다.

나로서는 나나미가 내 무게에 짓눌리지 않는 게 중요하다만.

"그렇다면 있잖아, 요신…… 너무 무거운 순간이 오면 말해줘. 앞으로도 이 감정은 점점 더 강해질 거 같으니까."

"그건 나도 마찬가지야. 앞으로도 나나미는 더욱…… 귀여워지겠지. 그만큼 내 걱정도 늘어날 테고, 내 마음도 더 강해질 테니까."

"응. 나도 요신의 마음이 너무 무겁거나 버겁다고 느끼면 꼭 말할게. 그러니까 요신도……."

"나도 나나미에게 꼭 말할게. 그 마음이 무겁거나 속박처럼 느껴진다면."

왠지 서로 그런 이상한 선언을 하고 나자, 무심코 웃음이 나왔다.

대체 어느 연인이 이런 말을 주고받을까.

다른 연인들과는 다를지도 모르지만, 이것이 나와 나나미의 관계다.

"앗, 그러고 보니 옷까지 입어놓고 아직 응원을 안 했네?"

"듣고 보니."

"와아. 나도 참. 이렇게 차려입어 놓고 기껏 한 거라고는 속바지를 보여준 것뿐이라니."

"오해의 소지가 있는 발언인데……."

그러자 나나미가 다시 웃으면서 치마 끝을 잡았다. 이번에는 들지 않았지만, 나는 아까의 일이 떠올라서 얼굴이 달아올랐다.

남이 보면 오해라고 변명조차 못 할 꼴이었다. 애초에 남들의 시선이 없어서 할 수 있는 대화이지만.

그래도 모처럼 치어리더 의상을 입었는데 하는 일이 평소와 똑같다니, 이대로 끝이라고 하기에는 아쉬웠다.

"그러면 지금부터 요신을 응원해 줄게."

나나미가 그 자리에서 가볍게 폴짝 뛰며 포즈를 취했다. 마치 숙달된 전문가처럼 느껴지는 동작이었다. 물론 전문가를 직접 본 적은 없지만.

관객은 오직 나 한 명뿐.

나나미는 응원술을 들고 가볍게 스텝을 밟았다. 춤을 추듯이, 연습한 동작을 나에게 선보였다.

처음에는 기억을 더듬는 것처럼 작은 움직이었다가, 조금씩 동작이 커지며 활발해졌다. 동작을 보니 음악도 없는데 소리가 들려오는 기분이었다.

응원술의 움직임이나 휘날리는 치마가 동작을 더욱 역동적으로 보이게 했다. 그래서 일부러 하늘거리는 치마를 입고 하는 걸까?

팔의 움직임에 따라 다리를 높이 올리며 나에게 응원을 보낸다. 아름다운 모습에 내 시선은 고정되고 말았다.

불현듯, 춤을 추고 있는 나나미와 내 눈이 마주쳤다.

그러자 나나미의 움직임이 서서히 작아지기 시작했다. 커다란 움직임이 마치 구멍 난 풍선처럼 시들어 갔다.

어? 왜 그러지?

아까의 움직임을 역재생하기라도 하는 것처럼 다시 움직임이 조금씩 작아지더니 결국 멈춰버렸다.

움직임을 멈춘 나나미가 그 자리에서 몸을 웅크렸다. 과감한 동작들로 나를 사로잡았던 모습이 거짓말이었던 것처럼, 몸을 완전히 움츠린 나나미는 손에 쥔 응원술로 얼굴까지 가렸다.

그리고 나를 흘끗 보고…… 작은 목소리로 중얼거렸다.

"……단둘만 있으니까, 엄청나게 창피해."

아, 그런 거였어?

나는 단순히 귀엽다는 감상뿐이었는데, 나나미는 혼자 춤을 추고 있으려니 뒤늦게 부끄러움이 밀려온 모양이었다.

원래 응원이 1대1로 하는 상황은 별로 없긴 하지.

나나미가 부끄러워하는 것도 무리는 아니었다.

"미안해, 요신~…… 의식하니까 너무 부끄러워서……."

"괜찮아, 괜찮아."

응원술을 손에 쥔 채 눈물을 글썽인 나나미가 손을 뻗으며 내게 비틀비틀 다가왔다. 마치 길을 잃은 아이가 부모를 다시 만난 것 같은 행동이었다.

나는 어서 오라는 듯이 두 팔을 크게 벌리고 나나미를 맞이했다.

빨려 들어가듯 내 품 안에 안긴 나나미가 응원술을 손에 쥔 채 내 등에 손을 감쌌다. 지금까지 느껴본 적 없는 감촉에 등줄기가 아주 조금 오싹했다.

연인 간의 포옹……이라기보단 부끄러워하는 아이를 달래는 포옹이 되어버렸지만, 나는 그대로 나나미의 등을 토닥토닥 두드렸다.

그런 상태였지만, 나나미는 나에게 힘내라고 말해 주는 것을 잊지 않았다. 단지, 서로 껴안은 상태에서 그렇게 말하니까 얼마 전의 일이 떠올랐다.

어쩐지 이상한 기분이 들 것 같아서 고개를 들어 그 충동을 참으려 했다. 그때…… 마침 체육 창고 입구가 시야에 들어왔다.

아주 조금, 틈이 벌어진 입구가.

"……어?"

"응, 왜 그래, 요신?"

무심코 든 의문에 그런 말이 새어 나왔다. 조금 전까지는 분명 입구가 닫혀 있었는데?

저렇게 부자연스럽게 틈이 벌어져 있지 않았다. 그리고 왜 틈이 벌어져 있는데도 저쪽에서 아무런 빛도 들어오지 않지?

한번 알아차리고 나니 더 이상 모른 척할 수가 없었다.

오히려 지금까지 눈치채지 못한 자신이 부끄러울 정도였다.

나나미는 입구를 등지고 있었기 때문에 분명 현재 상황도 모를 것이다.

나는 천천히, 천천히 나나미를 끌어안은 상태로 이동했다. 이동하는 곳은 체육 창고의 입구 부근…… 틈새의 사각이었다.

마침 매트가 있으니 딱 좋을 것 같았다.

끌어안은 자세로 이동하는 내 모습에 나나미는 조금 당황했지만, '잠깐만 기다려, 금방 끝나니까'라고 말하자 고개를 끄덕이며 입을 다물었다.

이렇게 보니 확실했다. 틈새를 통해 이쪽으로 새어 들어오는 빛은 없었지만, 어떤 그림자가 움직이는 것이 보였다.

틈새의 크기가 일정하지 않았고 때때로 조금 커졌다가 작아졌다가를 반복했다.

결정적인 것은 빛과는 다른, 오히려 빛을 반사하고 있는 어떤 존재였다. 그래, 나는 모두 함께 이동해 왔을 때 그 가능성을 떠올렸어야 했다.

또래의 여학생이, 한창 연애 중인 남녀의 밀회에 관심을 가지지 않을 리가 없다는 사실을.

천천히 입구의 사각지대로 이동한 나는 그대로 힘차게 체육 창고 입구를 열었다. 미닫이문으로 되어 있었기에 그대로 힘을 줘서 당기기만 하면 된다.

당겨서 연 문 너머에, 아까 나나미를 데리고 왔던 아이들이 고스란히 모여 있었다.

모두가 문틈이었던 곳에 눈을 들이밀고 엿보고 있었다. 혹시라도 문이 열릴 것을 대비해 체중은 싣지 않았는지 균형이 무너지는 일은 없었다.

만약을 대비해서 매트를 깔아뒀는데 아무래도 기우였던 모양이다.

문이 열린 것을 알아차리자마자 다들 뿔뿔이 흩어질 줄 알았는데, 의외로 다들 도망가지 않고 그 자리에 머물러 있었다.

어쩌면 놀라서 굳어버린 것일지도 모르지만.

"다들 뭐 하는 거야?"

나에게서 떨어진 나나미가 흔들흔들, 마치 유령처럼 소리 없이 움직이더니 여자애들을 날카롭게 쏘아본다. 나나미의 시선을 받은 여자애들이 몸을 흠칫 떨었다.

"나나미, 이건 말이지…… 일단 진정해."

"남친이랑 단둘이 있었을 때를 대비해 참고하려고~."

"공부를 위해서."

오토후케는 미안하다는 얼굴을 했지만, 카모에나이와 시리시즈는 묘하게 당당한 태도로 가슴을 펴고 있었다. 왜 너희들까지 보고 있는 거야?

새삼스럽게 다른 여자아이들 쪽을 바라보자, 마치 조립식…… 프라모델 같다고 해야 하나. 서로의 무게를 지탱하며 절묘한 균형을 이루고 있었다.

문에 체중을 기대지 않고 이런 균형을 유지하는 것은 기적이지만, 이런 우연은 조금만 흔들려도 무너지기 마련이다.

"지, 지금 당장 흩어져! 해산!!"

분노하며 소리친 나나미의 그 목소리가 계기가 되었는지, 엿보던 여자아이들은 도망치지 못하고 그 자리에서 무너지고 말았다.

"정말!! 다들 너무해!!"

나는 화를 내는 나나미를 달래며 옥상에서 점심을 먹었다.

치어리더복에서 체육복으로 갈아입은 나나미는, 내가 만든 주먹밥을 손에 들고 입으로 가져갔다. 내가 만든 것을 나나미가 먹고 있는 것을 보니 기분이 조금 어색했다.

이번에는 체육제에 맞춰서 전형적인 도시락 메뉴를 준비했다.

내가 만든 건 주먹밥, 계란말이, 비엔나, 닭튀김. 나나미는 미트볼, 감자샐러드, 아스파라거스 베이컨을 만들었다.

"응, 맛있다. 요리가 많이 늘었네. 알바의 성과인가?"

"알바에서 요리는 안 해……."

내가 만든 닭튀김을 먹고 나나미가 활짝 미소를 지었다. 잘 만들어진 것 같아 안심했다. 도시락 교환은 해 봤지만 이렇게 각자 준비해 온 것은 처음이었다.

나도 나나미가 만든 미트볼을 먹었다. 냉동이 아닌 수제 미트볼은 처음 먹어본다.

달콤하고 짭짤한 소스 맛과 함께 씹을 때마다 흐르는 육즙이 입안 가득 퍼졌다. 고기 속에 들어간 아삭아삭한 채소 식감도 인상적이다.

이 식감은 뭐지? 피망도 아니고 양파도 아니고.

"연근인가?"

"오? 어떻게 알았어? 조금 큼직하게 자른 연근을 넣었어."

"그랬구나. 연근은 평소에 먹을 일이 없었는데, 이렇게 해서 먹는 것도 좋네."

"그렇지? 이것도 먹어봐. 아스파라거스 베이컨이야."

나나미가 아스파라거스 베이컨을 젓가락으로 집어 나에게 내밀었다. 아주 오랜만의 먹여주기였다.

학교에서 우리 소문이 돌기도 했고, 키스 소동도 있었기에 최근에는 자제하고 있었다. 이런 모습을 보이면 또 소문이 돌 것 같았으니까.

그런데 오늘은 무슨 바람이 불었길래? 포상인가?

"요신, 농구 열심히 한 포상."

내 마음을 읽기라도 한 것처럼 나나미가 덧붙였다.

그렇군, 열심히 한 포상이 이건가.

"경기는 졌는데?"

결국 우리는 쇼이치 선배의 팀에 아쉽게 패배하고 말았다.

선배는 나랑 대결하는 것 자체를 기뻐했지만, 나로서는 시작부터 강적을 마주친 꼴이었다.

나나미의 응원이 없었다면 경기 도중에 마음이 꺾였을 거다.

어쩌면 나는 경험자와 초보자가 한데 섞여 싸웠다가 처참하게 지는 것이 싫어서 체육제에 기피감을 느꼈던 것일지도 모른다.

"괜찮아. 요신도 득점했잖아."

"뭐, 어쩌다 보니……."

사실 처음에는 일방적으로 처참하게, 득점 한번 없이 패배할 줄 알았다.

하지만 생각보다 슛 기회가 있었고, 나도 한 번은 넣었다.

무엇보다 선두를 달리는 히토시가 어찌나 즐거워 보이는지.

『설령 지더라도 전력으로 즐기자!!』

그 말에 이끌려 나도 경기를 즐길 수 있었다.

그토록 싫어하던 단체 경기였건만, 어느새 이렇게 받아들이고 있었다.

체육제에 나오지 않았다면 얻을 수 없는 경험이었다.

"저기, 요신? 부끄러우니까 얼른 먹어······."

"아, 미안."

감회에 젖어서 모처럼 나나미가 먹여주는 아스파라거스 베이컨을 입에 대지 않고 있었다. 모처럼의 포상이니까 얼른 받아야지.

내가 그녀의 젓가락을 물려는 순간.

"야, 요신! 같이 밥 먹······ 어이쿠, 내가 방해했나?"

호랑이도 제 말 하면 온다지만, 히토시는 부르지도 않았는데 찾아왔다.

딱히 숨어있던 건 아니었으므로, 나는 그를 한 번 힐끔 보고는 나나미의 아스파라거스 베이컨을 입에 넣었다.

맛있다. 베이컨의 짭짤함과 아스파라거스의 단맛이 어우러진다. 버터간장으로 볶은 당근의 맛도 난다. 버터간장은 밥도둑이지.

이어서 주먹밥을 한입 가득 먹었다.

"응, 맛있어. 최고다, 이거."

"정말? 다행이다. 처음 만들어 봤는데, 잘 됐나 보네."

"응, 맛있어. 버터간장과 아스파라거스 베이컨의 조합은 처음 먹어봐. 보통은 그냥 굽잖아."

나는 느긋하게 감상을 내놓은 후에야 히토시에게 시선을 줬다.

"그래서, 같이 밥 먹자고?"

"와, 너 진짜 잔인하다. 내가 보고 있는데도 그걸 덥석 받아먹냐."

"너야말로 대체 얼마나 절박한 거야."

히토시가 울상을 지으며 묻지 말라고 했다. 농담이었는데 말이지. 아무래도 그는 이런 장면에 자주 시달리는 상인 모양이다.

"모처럼 체육제니까 다 같이 모여서 먹자는 얘기가 나왔는데, 어느새 사라진 건지, 너희 둘이 안 보이더라고. 그래서 찾으러 왔지."

그랬구나. 교류를 쌓기에는 괜찮은 아이디어다.

학교제를 준비할 때 모두 모여서 시식한 적은 있지만, 밥을 먹은 적은 없다. 정작 그때도 밥은 나나미랑 먹었고.

솔직히 말하면 나는 해보고 싶다. 하지만 나나미와 단둘이 보내는 점심도 포기하기 어렵다.

나나미의 의견을 물어봐야겠는데.

"솔직히 나는 관심이 있는데, 나나미는 어때?"

그러자 나나미가 살짝 멍한 표정을 짓는다.

아니, 왜? 뭔가 안 되는 이유가 있나?

나나미는 고개를 갸우뚱했다. 그리고 다시 한번 도시락 속의 반찬을 하나 집어서 나에게 내밀었다.

나는 그걸 덥석 받아먹었다. 그제야 나나미가 어렵게 말문을 열었다.

"그…… 관심이라는 게 어떤 의미야?"

"으응? 무슨 의미냐고?"

이건 무슨 소리일까. 나는 그저 궁금해서 관심이 간다는 뜻이었는데.

나는 그렇게 잔뜩 모여서 밥을 먹어본 적은 없다. 초등학교 시절의 무슨 행사서 경험했을 수는 있지만, 기억은 없다. 중학교 시절도 마찬가지.

내가 질문의 의도를 읽지 못하고 끙끙대자, 나나미가 걱정스러운 얼굴로 날 바라봤다.

대답이 궁해서 슬쩍 웃으며 얼버무리자, 갑자기 나나미가 날 끌어안았다.

"저기, 나나미? 갑자기 왜……?"

"그게, 관심이 있다는 건 못 해봐서 아쉬웠다는 뜻이잖아?"

어…… 딱히 그런 건 아닌데.

그냥 그간 나나미에게 들은 게 있으니까, 어떤 풍경인지 궁금할 뿐이다. 호기심이다.

그런데 이상하게도 내가 솔직하게 답할수록 나나미가 더 슬픈 표정이 되어갔다.

"응, 다 같이 먹자! 애들이랑 떠들면서 즐겁게 먹자! 추억도 많이 만들자!"

이제는 내 머리를 쓰다듬기까지 한다. 주변에 있던 사람들이 술렁이기 시작했다. 시선이 쏠리는 게 부끄러웠지만 나나미는 나를 놔주지 않았다.

마치 아이를 달래주듯 나나미는 나를 쓰다듬었다. 둘만 있을 때는 받은 적이 있는데 학교에서 받는 것은 처음이었다.

나나미에게 안긴 나는 고개만 돌려 히토시에게 대답했다.

"히토시, 허가가 나왔다."

"그런 꼴로 용케 아무렇지 않게 대답하는구나."

그가 어이없는 얼굴로 대답했다.

네가 이해해라. 억지로 떼어낼 수는 없잖아.

"나도 눈치 없기로 유명하다만, 자신 있냐?"

대체 그게 무슨 유명세인가. 뭔지는 알 것 같다. 분위기가 가라앉으면 늘 갈아엎으려 하는 게 히토시다.

참고로 나나미는 나를 놔줄 생각이 없는지, 나와 히토시가 진지한 얼굴로 대화하고 있음에도 개의치 않고 온갖 방법으로 나를 쓰다듬고 있었다. 음식도 받고, 쓰다듬기도 받고.

그래서, 뭐가 자신 있냐는 건데?

"각오가 있다면야. 사실은…… 너희에게 아직 말하지 않은 게 하나 있어."

그와 오래 알고 지낸 건 아니지만, 그래도 히토시치고는 드물게 말이 느릿느릿 흘러나왔다. 그의 시선이 자꾸 뒤로 향한다.

대체 뒤에 뭐가 있길래.

"그…… 이미 다 와 있어."

"허?"

"어?"

그 말을 신호로 옥상으로 사람이 우르르 모여들었다. 평소 나나미와 함께 다니는 오토후케와 카모에나이는 물론, 시리시즈와 테시카가, 그밖에는 얼굴이 낯익은 반 아이들까지.

우리의 모습을 보고 어떤 사람은 어이없어하고, 어떤 사람은 수줍어하면서, 각자 적당히 자리를 잡아 앉아 점심 준비를 시작했다.

"아…… 아으……."

물론 나나미는 나를 쓰다듬던 손길 그대로 굳어버리고 말았다.

이미 무대 위에서 키스까지 한 마당에 새삼스러운 반응이지만, 기분의 문제라고 해두자. 나나미는 마음의 준비가 전혀 안 되어 있었잖아? 히토시 하나면 몰라도, 이렇게 몰려오면 이야기가 다르겠지.

"세상에! 나나미, 굉장하다. 엄청난 애정 표현이야."

한 여학생이 그런 말을 하자 움직이지 않던 나나미가 즉시 반응했다. 손을 놓는가 싶더니 곧바로 내 뒤에 숨어버렸다.

마치 장난치다 들킨 여자아이 같았다. 그런 나나미의 반응이 신선했는지 여자애들은 다들 꺅꺅대며 떠들었다.

"……나나미가 불쌍하니까 못 본 걸로 해줘."

내가 뒤에 있는 나나미를 감싸며 두 손을 들자, 여자애들이 더욱 달아올랐다. 뭐야, 왜 그러는데.

나나미가 내 옆으로 빼꼼 얼굴을 내밀었다. 나는 그녀를 진정시키기 위해 살짝 뺨을 쓰다듬었다. 나나미는 곧 기분이 좋아졌다.

"됐으니까 이제 밥 먹자~! 아, 배고프다~."

분위기를 무마시키듯 히토시가 그렇게 말하며 도시락을 펼쳤다. 옆에는 매점에서 사 온 빵과 디저트도 있다. 많이 먹네.

여기저기서 잘 먹겠습니다, 소리가 들렸다. 다 같이 모여서 먹으니, 남들은 뭘 먹는지 볼 수가 있구나.

나와 나나미도 식사를 다시 시작했다. 식사하면서 이런저런 이야기를 나눴다. 나는 말주변이 없는 편이지만, 다행히 대화가 끊어지지는 않았다.

오토후케와 카모에나이가 치어리더 차림을 남자친구에게 보여줬다는 이야기, 테시카가가 진지하게 참여해 놀랐다는 이야기, 시리시즈가 그런 테시카가를 응원했다는 이야기…….

내가 말을 섞어본 적 없는 반 애들조차도, 농구 시합을 잘했다고 나를 칭찬했다. 조금 쑥스럽네.

히토시는 쇼이치 선배에게 농구부에 들어오라고 권유도 받았다. 엄청나게 당황하던데……. 그 사람은 학년에 상관없이 다 권유하고 다니니까.

저마다 잡담이 오가는 가운데, 우리에게 조용히 다가오는 두 개의 그림자가 있었다.

그림자를 보니 여자애 같은데.

시선을 돌리자, 잘 모르는 여학생 두 명이 우리 가까이에 앉았다.

우리 뒤에서 밥을 먹을 생각인가 했는데, 그건 아닌 모양이었다.

둘은 이쪽으로 시선을 보냈다가 피했다가, 침착함이 없었다. 혹시 내가 아니라 나나미에게 용무가 있나?

……아니 가만. 묘하게 낯이 익은데? 어디서 마주쳤나?

어디에서 만났는지 기억나지 않아서 가만히 있으니, 두 사람이 갑자기 나를 바라보며 고개를 숙였다.

"미안."

갑자기 사과받았다.

내가 사과받을 일이 있었나? 얼굴도 잘 기억 안 나는 상대에게?

목소리가 작은 게, 주목 받는 건 피하고 싶은 모양이었다.

주변 사람들은 각자 대화하느라 이쪽을 눈치채지 못했다.

"저기, 뭘 사과하는 건지 솔직히 잘 모르겠는데……. 어디서 만난 적 있나?"

내가 당황하자 두 사람 다 천천히 고개를 들었다.

한 사람은 웨이브진 금발을 포니테일로 묶고, 햇볕에 탄 피부가 건강해 보이는, 약간 처진 눈의 여자아이.

다른 한 명은 어깨까지 오는 미디엄 헤어에 검은 머리에 머리띠를 쓰고, 약간 치켜올라간 눈의 여자아이였다.

묘하게 이미지가 대조적인 한 쌍이네.

둘은 미안한 얼굴로 말을 이어갔다.

"두 사람이 사귀기 시작했을 무렵에 우리가, 그……."

"나나미한테 미스마이의 험담을 했었어……."

"그 일이 계속 마음에 남아있어서, 사과하고 싶어서."

"그 후에도 두 사람을 지켜보다 보니까, 내가 얼마나 바보 같은 말을 했는지 깨달았어. 저기, 정말 미안해……."

두 사람이 다시 한번 조용히 고개를 숙였다.

으음, 정작 나는 짐작 가는 게 없는데 말이지…….

내가 고개를 갸우뚱하자, 나나미도 함께 고개를 갸우뚱했다.

잠시 생각한 나는 문득 나나미와 만난 지 얼마 안 됐을 무렵이 떠올랐다.

나나미와 정식으로 사귀고 일주일쯤 지났을 때였다.

"아, 맞다!"

나나미도 기억났는지 손뼉을 탁, 친다. 나나미는 고전적인 리액션도 잘 어울리네.

"시간이 빠르네. 그 후로 벌써 얼마나 지난 거지?"

"요신이랑 한참 알고 지낸 거 같은데, 실은 아직 1년도 안 지났다니, 신기하지?"

우리 둘의 반응을 보고 두 사람 다 멍한 표정을 지었다. 아니, 그렇게까지 놀랄 일은 아니긴 한데.

"일부러 사과하러 와줘서 고마워."

나는 신경 쓰기는커녕 기억하지도 않았던 일이지만, 그래도 사과하러 온 용기는 대단하다고 생각한다.

주위에 소란이 일어나지 않도록 목소리를 낮춰준 점도 무척 고마웠다.

"그야 갑자기 나랑 나나미가 사귄다는 얘길 들으면 이상하게 생각하는 것도 당연하지. 나는 전혀 신경 쓰지 않으니까 두 사람도 신경 쓰지 마."

"맞아, 맞아. 나도 그때는 너무 흥분해서 미안했어."

나나미의 말에 두 사람 모두 무언가 떠올린 것인지 살짝 볼을 물들인다.

뭐야, 그 반응은……? 그때 나나미가 뭐라고 했더라……
아, 나에 관해 오해할 정도로 칭찬했었나?

이거, 오해를 정정할 기회가 온 거였군.

"참고로 그때 나나미가 말했던 건 내 복근이나 근육에 관한 거였어. 이상한 이야기가 아니니까 오해하지 말아줘."

내 쪽을 흘끗 보고 있던 두 사람에게 그렇게 말하자, 두 사람은 점점 **뺨**을 물들였다. 아니, 왜?!

"그럼 사귄 지 일주일 만에 벗은 몸을 보여준 건 사실이란 거잖아……."

아, 그건 첫날에 보여줬는데.

하지만 이건 말하지 않겠다. 괜히 더 큰 오해를 불러일으킬 것 같으니까.

우리는 그냥 웃으면서 대답을 얼버무렸다.

"우연이야, 우연. 어쩌다가 상체만 봤어~."

"그, 그래? 대체 어떤 우연이길래……."

의혹은 해소되지 않았다. 나는 그냥 더 설명하지 않기로 했다. 말하면 할수록 오해만 깊어질 것 같다.

"어쨌든 두 사람 다 이제 신경 쓰지 마. 이상하게 들릴지 모르지만, 용서할게."

용서한다니, 좀 건방져 보이지 않아? 아무튼 사과받았으니, 명확하게 용서한다는 의사표시를 해야 한다. 이것도 최근에 배운 인생 경험이다.

그러자 두 사람 모두 안심한 얼굴로 한숨을 내쉬었다.

"다행이다. 이제 곧 수학여행인데 이런 답답한 기분으로 가고 싶진 않았거든. 어쩌면 같은 그룹이 될 수도 있으니까."

"오늘 농구도, 우리 둘이 응원했어. 저번 학교제 때도 굉장 했어. ……나나미 앞에서 칭찬하려니 조금 눈치가 보이네."

"멋있었다고…… 하는 정도는 괜찮지, 나나미?"

그러고 보니 내가 다른 누군가에게 칭찬받는 것에 대해 나나미는 어떻게 생각할까? 싫어하면 어떻게 하지?

그러나 내 뒤에 숨어있던 나나미는 엄청 뿌듯한 표정을 짓고 있다.

두 사람도 얼굴을 쏙 내밀고 뿌듯한 얼굴을 한 나나미를 보고 말문이 막혔다.

내 걱정을 돌려줘.

"나나미는 내가 다른 여자한테 칭찬받아도 싫지 않아?"

"당연하지! 비난도 아니고, 칭찬인걸! 요신의 평가가 오 르면 나도 기뻐. 그리고 설령 요신이 다른 여자에게 칭찬 받아도, 요신은 나만 좋아할 거잖아?"

한 점의 의심도 없이 단언하는 나나미.

"그건 그렇지."

"그럼 문제없어."

"하지만 난 나나미가 다른 남자에게 귀엽다는 칭찬을 들 으면 신경 쓰이는데?"

"걱정하지 마. 누군가에게 칭찬받아도 내가 좋아하는 사 람은 요신뿐이니까."

내 비좁은 마음을 이해해 주듯이, 나나미는 숨겨져 있던 몸을 내밀고 내 옆에 앉아 그대로 딱 달라붙었다가, 두 사람의 시선을 뒤늦게 떠올리고 뒤늦게 볼이 살짝 빨개졌다.

두 사람은 "……완전 사이좋다"라거나 "바람피울 걱정 없는 남친, 부럽다"라는 소리를 작게 중얼거리고 있었다. 다 들리는데.

나는 어색한 공기를 바꿔보고자 억지로 화제를 돌렸다.

"그러고 보니 곧 수학여행이구나. 올해는 어디로 가려나?"

"어? 요신, 몰라?"

나나미가 충격을 받은 얼굴로 나를 바라보았다.

설마 이미 고지가 있었던 건가. 죄송합니다, 학교 행사에 별로 관심이 없었습니다. 심지어 아마 나나미가 없었다면 아예 불참했을지도 모릅니다. 말이 나와서 말인데 나나미와 같은 조였으면 좋겠습니다.

나는 두 사람에게 가볍게 고개를 숙였다.

"만약 같은 조가 된다면 잘 부탁해."

"아, 응…… 우리야말로."

여자들도 나에게 고개를 숙이더니 서로 얼굴을 마주 보며 웃었다. 응, 이걸로 앙금도 다 풀렸겠지.

나도 수학여행을 답답한 마음으로 가긴 싫다.

조금은 마음을 열어준 것인지 두 사람과 우리는 한동안 담소를 나누었다. 주로 내가 몰랐던 나나미의 이야기가 나왔으므로 무척 만족스러웠다.

그러던 중 햇볕에 탄 피부를 가진 여자아이가 문득 그런 말을 했다.

"미스마이, 향후는 조심하는 편이 좋아. 학교제랑 체육제로 주목받기 시작했으니까. 세상에는 이상한 애들이 많다고."

"그래, 남의 남자를 빼앗으려는 녀석, 상대가 있어도 들이대는 녀석, 우리처럼 뒤에서 험담하는 녀석도 있어."

그런 걸 자기 입으로 말하는 거야?

하지만 흘려들을 소리는 아니다. 지금까지 좁은 세계에서 살던 내가 넓은 곳으로 나왔으니, 위험이 늘어나는 것 또한 당연한 이치다.

하지만 물러설 생각은 없다. 나나미에게 닥칠 위험은 내가 막아낼 거고, 어려워도 둘이 함께 해 나가면 분명 괜찮을 거다. 그럴 수 있도록 노력하자…….

"요신은 내가 지킬 거야!"

"그럼 나는 나나미를 지킬게."

서로 미소 짓는 우리들을 향해, 누가 먼저랄 것 없이 감탄하는 목소리가 들려왔다. 그것은 비단 눈앞의 두 사람뿐만이 아니라 주변에서도 들려오고 있었다.

"정말 잘 어울리네, 두 사람 다."

그 말이 무척 기뻤다. 어울리지 않는다는 말을 들었던

과거가 무색할 만큼, 우리도 성장했다는 뜻이니까. 지금까지 그렇게 되기 위해 부단히 노력하지 않았던가. 그 노력이 드디어 결실을 보고 있는 거다.

모두와 함께 밥을 먹는 이 모습을 즐길 수 있을 만큼 말이다.

"난 이렇게 다 같이 밥 먹는 건 처음인데, 이것도 나름의 정취가 있네."

불쑥 튀어나온 내 감상에, 안쓰러운 시선이 돌아온 건 기분 탓일까?

체육제 첫날이 무사히 끝나고, 이틀째에 접어들었다.

어제는 요신을 응원하거나 응원받거나, 함께 도시락을 먹어서 정말 즐거웠다. 이만큼 즐거웠던 체육제는 처음이다.

요신도 그렇게나 싫어했는데, 체육제를 즐기는 것 같아서 기뻤다.

역시 치어리더 옷을 입고 한 응원(그걸 응원이라고 할 수 있을까?)이 효과가 있었던 걸까? ……설마 모두가 엿보고 있을 줄은 몰랐지만.

다시 떠올리니까 조금…… 아니, 상당한 수치심과 분노가 밀려왔다. 뭐야, 정말. 그때 내 마음을 다 돌려내!

오후 배구 경기에서는 반대로 요신의 응원을 받았는데, 설마 그가 그렇게나 큰소리로 할 줄은 생각하지 못했다.

내가 요신을 응원하는 일은 많았는데, 반대로 내가 응원받는 일은 거의 없으니까.

단순히 요신이 노력할 일이 많아서 그런 것뿐일지도 모르지만……. 선배와의 승부도 그렇고, 보충 수업도 그렇고, 아르바이트도 그렇고…….

아, 나도 아르바이트할 때 들었었나?

처음으로 힘내라고 말했던 건 선배 때였나. 그때는 처음
으로 요신에게 좋아한다는 말을 큰소리로 했을 때이기도 했
다. 조금 그립네. 그리워할 정도로 오래된 일은 아니지만.

　어제도 말했지만, 요신과는 더 오랜 시간 함께 지낸 것
같다는 착각이 든다. 1학년 때는 다른 반이었으니 그럴 리
가 없는데.

　1학년 때도 같은 반이었다면 체육제에서 응원해 줬을
까? 물론 어제 받은 응원도 매우 만족스러웠다.

　응원을 받으니 왠지 평소보다 몸에 힘이 더 넘치는 기분
이었다. 피로가 싹 사라지고 언제까지고 움직일 수 있을
것 같은 느낌이었다.

　뭐든 할 수 있을 것 같은 느낌? 행복감? 그런 표현이 딱
어울리는 감각이었다.

　하츠미네가 말하기로는, 좋은 점을 보여주고 싶다는 의
욕이 넘쳐서 그런 느낌이 드는 거라고 하던데.

　뭐, 어쨌든 그 덕분인지 1회전은 이길 수 있었다. 상대편
도 강했지만, 우리도 꽤 강했다.

　요신의 응원을 받은 내가 대활약……까지는 아니었지
만, 마침 우리 팀에 배구부 소속이 있었고, 운동 신경이 좋
은 하츠미의 도움도 컸다. 나는 내 능력껏 최선을 다했다.

　요신의 응원 덕분에 평소보다 열심히 할 수 있었으니까
그걸로 충분하다.

경기는 아쉽게도 1회전에서 이기고 2회전에서 바로 져 버렸다. 엄청 아쉬웠다. 나에게 조금만 더 점프력이 있었 다면…….

경기가 끝난 후에는 요신에게 위로와 칭찬을 받았다. 나 나미는 최선을 다했다고 말해 줘서 정말로 기뻤다.

칭찬을 받는다는 건 좋은 일이다.

요신은 내 요리를 비롯하여 사소한 것을 잘 칭찬해 주고, 옷을 입었을 때도 귀엽다거나 잘 어울린다고 말해 준다.

말하지 않아도 전해질 사실도 전부 다 말로 전해 준다.

전에 '왜 그렇게 말해 주는 거야?'라고 물어봤을 때 '말하 지 않으면 모르니까'라고 말했었나.

나는 날 위해서만 그런 건 줄 알았는데, 자신을 위한 일 이라고도 했다. 말로 전하지 않으면 나에게 제대로 전해졌 는지 알 수 없다고.

그래서 나도 요신을 많이 칭찬해 주고, 멋있다거나 좋아 한다는 말도 전부 다 해 줄 생각이었다. 사람들이 앞에 있 어서 쑥스럽다고 해도 그에게 함부로 대하지 않겠다고 결 심했다.

체육제 첫날이 끝날 무렵, 요신은 눈에 띄게 녹초가 되 어 있었다. 누가 봐도 피곤해 보일 정도였다.

본인은 극구 괜찮다고 주장했다. 이런 건 쉽게 속마음을 얘기해 주지 않는 것이 아쉬웠다.

집에 도착하자마자 배터리가 방전된 것처럼 그대로 푹 잠들어 버린 게 그 증거다.

그것도 어린아이 같아서 귀여웠지만.

잠든 요신에게 이불을 덮어주고 나는 조금 일찍 집으로 돌아왔다.

시간이 있으면 그의 방에서 다시 한번 치어리더 차림을 보여주려고 했는데……. 뭐, 그건 다음에 또 기회가 있겠지.

그리고 지금, 나는 요신과 함께 운동장 끝에 서 있었다.

드디어 지금부터 나와 요신의 진짜 승부, 업고 달리기 경기가 시작된다.

"힘내자~!! 노리자! 1위!!"

"어?! 진심으로 1위를 노리는 거였어?"

아니, 그냥 1등은 기분을 내려고 하는 말인데.

내 말을 듣고 어리둥절한 표정의 요신을 보자 더욱 의욕이 샘솟았다.

1등에 집착할 필요 없다. 완주만으로도 잘하는 거다. 사람 하나 업고 달리는 게 쉬운 일은 아니니까.

……무겁지 않겠지? 나?

체중 유지를 위해 노력했으니까, 괜찮을 거야. 가끔 요신이랑 같이 근력 운동도 하고 적당한 운동도 꾸준히 했는걸.

업고 달리기 연습은 사실 거의 못 했다. 업힌 상태로 달리려니 부끄러워서, 방에서 요신에게 업히는 정도만 해봤을 뿐이다.

그래도 체중 유지는 열심히 노력했다. 만약 지금 무겁다는 소리를 들으면 울어버릴지도 모른다. 펑펑 울 거다. 요신이 질릴 정도로 울어버릴 거다. 여고생의 대성통곡을 보고 질리지 않을 남자가 어디 있을까.

아마 그렇게 된다면 나는 두 번 다시 이 경기에는 나가지 않겠지…….

문득 작년에 이 경기에 대해 어떤 감상을 느꼈었는지 떠올랐다.

이 경기는 선수가 파트너를 안거나 업은 상태로 골을 향해 달리는 경기다. 업고 달리기라는 이름과 상관 없이, 어떻게 옮기는지는 규정되어 있지 않다. 물건 가져오기 경주의 변형이라고 보면 된다. 물건 대신 사람을 옮기는 거니까.

그래서, 나는 이 경기가 싫었다.

당시 하츠미와 아유미는 남자친구와 함께 나가고 싶어했던 모양이지만, 나는 그런 감상은 전혀 없었다.

오히려 왜 이런 경기가 있는지 원망스러웠다. 폐지되기를 바랐을 정도다.

물론, 당사자들에게는 아무 문제가 없었다. 남녀커플, 남남 또는 여여 페어로 출전한 사람도 있었다.

그래서 당시에 굳이 내색하지 않았다. 모처럼 즐겁게 참여한 다른 사람들에게 찬물을 끼얹는 짓이었으니까.

물론 나도 처음부터 싫었던 건 아니다. 그렇게 된 계기가 있었다. 심지어 대단한 이유도 아니다.

　이 경기는 남녀 구성으로 출전할 수 있다. 남자친구가 없던 나는 수많은 남학생에게 출전 권유를 신청받았다. 경기를 결정하기 직전까지도 하루에 3명 정도씩 꾸준히 권유가 들어왔다.

　시도 때도 없이, 온갖 말들로, 직접 와서 권하거나, 다른 사람을 통해 권하는 사람마저 있었다.

　언젠가 내게 고백했던 사람, 대화해 본 적도 없는 사람, 농담처럼 말하는 사람.

　친구들에게 인기 만점이라고 놀림을 받았지만, 나는 그저 싫고 괴로웠다. 단순한 권유에 선악을 따질 수는 없건만, 그래도 쉴 틈 없이 밀려드는 권유에 질리지 않을 수가 없었다.

　심지어 당시의 나는 남자를 향한 거부 증세가 지금보다 강했다. 도무지 좋게 볼 수가 없는 것이다. 그래서 모든 권유를 정중히 거절했다.

　연속된 거절이 미안했지만, 그럼에도 권유를 받아들일 수는 없었다.

　더구나 그 권유가 순수한 호의만은 아니라는 사실을, 당시의 나는 몰랐다.

　우연이었지만 들어버렸다, 정말 우연히.

『업으면 바라토의 가슴을 느낄 수 있잖아.』

그 밖에도 여러 말들이 오갔지만, 기억하고 싶지 않았다. 살짝 트라우마가 생길 것 같은 말도 있었으니까.

대부분은…… 내 몸이 목적이었다.

모두가 다 그렇지는 않겠지만, 나는 이미 그 말을 듣고 모두가 그렇지 않을까 생각하게 되고 말았다.

그래서 나는 그 경기 자체가 싫어졌다.

그랬는데, 내가 요신에게 같이 참여하자고 먼저 말하다니, 스스로 놀라웠다.

함께 하고 싶으면 다른 경기도 있는데 이것을 고른 이유는, 어쩌면 작년의 불쾌한 마음을 없애기 위함이었을지도 모른다.

작년에 거절했던 사람들도 아마, 모두가 그런 욕망을 가졌던 것이 아니라 순수하게 경기를 즐기고 싶은 사람들도 분명히 있었겠지.

아, 그러고 보니 켄부치도 나한테 권유했었나? 그건 뭐, 확실히 장난으로 말했다는 걸 알고 있었으니 제외.

아무튼 그런 이유로 경기를 싫어한다는 것은 좀 아닌 것 같았다.

사실 이 이야기는 이미 요신에게 했다. 왜 이 경기에 나가고 싶었는지 물어보는 그의 말에 나는 자신을 되돌아보듯 그때의 일을 떠올렸다.

『그럼, 싫은 추억을 떨쳐낼 수 있도록 더 열심히 해야겠네.』

요신은 내 마음을 부정도 긍정도 하지 않고, 그저 그 한 마디만을 해 주었다. 그것이 너무 기뻐서…… 그를 꼭 안아주었다.

그래서 오늘의 나는…… 누구보다 의욕에 넘쳤다. 작년의 불쾌했던 마음이 거짓말처럼 말이다.

"자, 그럼…… 업는 걸로 할까? 아니면 안고 갈까?"

"업는 거!!"

그의 제안에 나는 손을 들고 씩씩하게 대답했다. 요신은 그런 나를 보고 조금 곤란한 얼굴로 눈썹을 찡그리며 미소 지었다.

이렇게, 나는 그가 조금 곤란한 얼굴로 웃는 것을 좋아한다.

아마 요신은 등에 닿는 감촉을 걱정하고 있겠지. 하지만 뭐, 새삼스럽게 신경 쓸 필요는 없었다. 왜냐하면…….

"저번에도 닿았으니까…… 괜찮지?"

업히기 전, 그의 귓가에 살짝 다가가 귓속말했다. 요신은 순간적으로 몸을 움찔했지만, 그 직후 의아함이 담긴 시선을 나에게 보내왔다.

곤혹스러움과 놀라움과 수치심이 뒤섞인 듯한 시선.

무슨 일이지? 업는 건 연습으로도 몇 번이나 했었는데……. 다른 사람들 앞에서 하는 게 창피한 건가?

"그러면 나나미, 힘들면 자세 바꿀 테니까 언제든지 말
해 줘."

"어? 괜찮아. 요신도 내가……."

무거우면 말해달라고 하려다가 입을 다물었다. 왠지 그
말을 내 입으로 하는 것은 좀 내키지 않았기 때문이다.

나는 무겁지 않다. 아니, 조금은 무거울지도 모르지만
무겁지 않다. 모순일 수도 있겠지만 나는 무겁지 않다.

"평소에 근력 운동을 하고 있으니까, 이 정도는 거뜬해."

마치 내 말을 보충하듯 요신은 알통을 만들어 보이면서
팔을 들었다. 믿음직스럽다……라는 생각도 들지만, 한편
으로는…….

"아니라는 건 알고 있지만, 근력 운동을 하지 않았으면
무거웠을 거라고 말하는 것처럼 들려……. 아니, 아니라는
건 알아, 알지만."

"미, 미안."

"아니야, 요신 때문이 아니야."

이것은 내 기분의 문제다. 복잡한 소녀의 마음이라고 할
까. 내가 생각해도 이건 성가시다. 너무 성가셔…….

자신의 성가신 모습에 스스로 어이없음과 실망을 느끼
고 있는데, 옆에 누군가가 서 있는 것이 느껴졌다.

"나나미, 절대 안 질 거야."

"스승, 오늘은 잘 부탁드립니다!"

시선을 돌리자, 코토하를 벌써 업은 테시카가가 있었다. 아직 시작도 전인데, 그러고 다니는 거야?

테시카가는 여전히 요신을 스승이라고 부르고 있는 모양이다. 민망하니까 그렇게 부르지 말라고 말했지만, 여전히 요신에게 코토하 일로 여러모로 상담하고 있는 것 같았다.

이것도 친구 관계라고 할 수 있는 걸까? 설마 테시카가와 친구가 될 거라고는 생각도 못 했지만.

"테시카가…… 살살 해줘."

"열심히 공부하겠습니다!"

"아니, 공부는 됐으니까 살살해. 업고 달리기 경기에서 공부할 게 뭐 있다고."

곤란한 얼굴로 웃고 있지만, 요신 역시 그렇게 말하면서도 즐거워 보여서 나도 기뻤다. 다만 그 미소를 나 이외에 보이는 건…….

아니, 이러면 안 되지, 친구한테 질투하다니. 심지어 동성 친구라고.

나도 마음을 넓게…… 적당히 넓게 가져야 한다. 제대로 훈련해야지.

"타쿠한테 업히는 거, 어렸을 때 이후로 처음이네."

"그러게. 옛날에 비해 상당히 무거워졌어. 그 시절에는 ──끄흑?!"

감상에 젖은 얼굴로 말하는 테시카가를 향해 코토하의

펀치가 작렬했다. 업힌 상태인데 재주가 좋네, 코토하.

코토하도 의외로 그런 것엔 신경 쓰지 않을 것 같았는데, 역시 직접적으로 무겁다는 말을 듣는 것은 용납할 수 없었던 모양이다. 그보다 코토하는 마른 체형이니까 분명 무겁지 않을 것이다.

이건 테시카가가 말해서 화가 난 것이다.

"코, 코토하……? 나 왜 갑자기 맞은 거야?"

"누가 무겁다고……?"

"아, 아냐……!! 그때와 비교해서 성장했다고 말하고 싶어서……!!"

"타쿠, 단어 선정을 조심해."

축 처진 테시카가가 순순히 미안하다고 사과했다. 겉모습만 보면 불량아인 테시카가를 거느리고 있는 코토하가 마치 맹수 조련사처럼 보였다.

누님이라고 불려도 어쩔 수 없겠는데.

"그러고 보니 반이 다른데, 두 사람은 왜 같이 있어?"

"타쿠네 반이랑은 같은 팀이니까. 반대로 왜 모르는 거야?"

요신의 의문에 나 역시 쓴웃음을 지었다. 체육제를 싫어했다고 하니까, 관심도 없었던 거겠지. 설명을 해 주자 곧바로 이해한 얼굴로 고개를 끄덕인다.

만약 이번 일로 요신이 불편한 마음을 극복해 준다면 나도 기쁠 것 같았다. 내가 이 경기에 대한 거부감이 없어진 것처럼.

"이런, 슬슬 시작이네. 그럼, 나나미."

"응!"

쪼그려 앉은 요신의 등에 나는 가볍게 올라탔다. 남들 앞에서 업히는 게 얼마 만이지?

연습 때처럼 묘한 안정감이 느껴졌다.

요신의 등에 이렇게 업혀 있으니, 어릴 때 아빠에게 업혔을 때가 떠올랐다.

물론 그 시절 아빠 등이 훨씬 더 넓었겠지. 지금은 나도 자라서 느껴지는 감각도 다를 텐데 신기하다.

좀 근육질이라서 그런가?

"그러면 나나미, 꽉 잡아. 아프면 말해."

"응."

꽉 잡으라는 말은 이해가 가지만, 아픈 건 굳이 따지자면 요신 쪽이 아닐까? 내가 그에게 꽉 매달린 것과 동시에 출발 신호가 울렸다.

모두가 일제히 달리기 시작했고, 요신은 한 박자 늦게 천천히 달리기 시작했다.

왜 그런 행동을 했을까 생각했는데, 곧 그 이유를 깨달았다.

아, 아파……!! 어? 완전 아픈데?!

요신이 천천히 달리는데도 가슴이 아프다. 그냥 업혀 있을 때는 아무렇지도 않았는데, 아파!!

하지만 모처럼의 경쟁이니까, 일단 참자. 참아야 해…….
그렇게 생각하고 있었는데, 요신의 달리는 스피드가 서서히 떨어졌다.

그에 따라 내 가슴의 통증도 줄었다.

방송부의 실황이 들려왔다. 요신이 전의를 잃었다느니, 내가 무겁냐느니, 그런 농담조의 실황 중계로 주위는 떠들썩했다.

완전히 멈춘 요신은 나를 등에서 천천히 내려놓았다. 정말 무거웠던 건가 싶어서 조금 불안해하고 있는데…….

갑작스러운 부유감이 나를 덮쳤다.

상황을 파악하지 못한 상황에서 실황이 달아올랐고, 주위도 그와 함께 환호와 비명을 질렀다. 요신이 나를 옆으로 안아서 들었기 때문이다.

이것은 이른바 공주님 안기다.

그제야 상황을 이해한 나는 나를 안아 올린 요신의 목에 자연스럽게 손을 감았다. 나를 내려다본 그가 작게 중얼거렸다.

"나나미, 간다!"

"어, 응……!!"

역광으로 비친 그의 얼굴을 바라보자, 가슴이 두근거렸다.

딱히 엄청나게 달콤한 말을 들은 것도 아닌데 가슴이 크게 뛰었다.

그리고 내가 그렇게 말한 직후, 몸 전체가 뒤로 끌려가는 느낌을 받았다.

아까와는 비교할 수 없는 속도로 요신이 달리기 시작했다. 아까는 천천히 움직였던 탓인지 몸 전체에 기분 좋은 바람이 스쳐 지나갔다.

출발이 늦어져서 이미 골인한 사람들도 있었지만, 모두가 우리를 보고 있었다. 주위의 열기는 대단할 정도였다.

"굉장하다! 이거 완전 재밌어!"

나도 요신의 품에서 마치 어린아이처럼 한껏 들떠 있었다. 이런 건 아빠한테도 받아본 적 없었다.

나는 웃으면서 그에게 매달린 팔에 더 힘을 주었다.

그리고 그대로 나와 요신은 결승점을 통과했다.

여담이라고 할까, 후일담이라고 할까……

결승점을 통과한 요신은 나를 내려준 뒤 팔을 부들부들 떨며 그 자리에 털썩 주저앉고 말았다. 아무래도 공주님 안기에 온 힘을 쏟아붓느라 무리를 한 모양이었다.

그럼 무리하지 말고 업어줘도 괜찮았는데, 라고 했더니

요신은 팔을 부들부들 떨면서 약간 화난 얼굴로 웃는다.

"나나미, 가슴 아픈 거 참고 있었지?"

그 한마디에 심장이 두근거림과 동시에 내가 아픈 걸 알아 줬다는 기쁨이 차올랐다. 등에 매달려 있었을 뿐이었는데.

"나를 안고 있는 나나미의 팔 힘이 좀 이상했거든. 그리 고……."

"그리고?"

"나나미는 가슴이 커서 아프지 않을까 생각했거든. 다만 그, 가슴 이야기라 내가 먼저 말을 꺼내기가 어려워서……."

그래서 처음에 아프면 말하라고 했던 거구나. 그래서 그가 알아채고 일부러 자세를 바꾼 것이다. 정말 힘들었을 텐데…….

1등은 못 했지만, 나에게는 1등이었다.

힐끔 옆을 보자 1등을 차지한 사람들이 인터뷰를 하고 있었다. 순서대로 줄을 서야 해서 우리도 이동해야 했다.

"요신, 손 줘."

"응, 고마워."

나는 주저앉은 그에게 손을 뻗어, 일어나려는 그의 손을 강하게 잡아당겼다. 기세도 있었고 피로도 있어서인지 그는 내 생각대로 나에게 다가왔다.

나는 거기서 몰래, 우승 상품이라는 의미로 요신의 뺨에 키스했다.

다른 아이들은 인터뷰하는 1등 페어에 주목하고 있었으므로 이쪽은 눈치채지 못했다. 그가 놀란 얼굴로 자기 뺨을 손으로 눌렀다.

더 이상 떨고 있지는 않았다.

이것은 나와 요신만의…….

"스승, 굉장해! 이런 운동장에서 키스하다니……!"

"타쿠도 해 줬으면 좋겠어?"

코토하네가 보고 있었다. 뭐, 이 두 사람뿐이면 괜찮겠지.

정말 싫어하던 이 경기는, 오늘 내가 가장 좋아하는 경기로 바뀌었다. 그것도 다 요신 덕분이다.

나는 보인 것을 얼버무리고자 그에게 달려들듯이 달라붙었고, 방심하던 요신은 그 기세를 죽이지 못하고 다시 둘이 쓰러지고 말았다.

"마이마이. 수학여행이 하와이라고?"

"그런 것 같아요……."

아르바이트 휴식 시간, 유우 선배가 반짝거리는 눈빛으로 나를 바라보며 물었다.

그렇다, 올해 수학여행은 하와이다.

나도 슬슬 여행 준비를 시작해야 한다. 여권을 신청하거나, 필요 서류를 제출하거나, 여행 물품을 사거나, 여행 중에 무엇을 할지 계획도 세워야 한다.

"좋겠다, 좋겠다~. 학교 행사로 해외에 갈 수 있다니 부럽다~. 나도 따라가도 돼? 마이의 누나로."

"외동아들인데 누나가 있을 리가 없잖아요."

"같은 곳에서 아르바이트 하는 사이니까, 어떻게 보면 누나 같은 존재라고 할 수 있지 않아?"

"그런 논리가 통할 리 없잖아요."

이런 바보 같은 대화를 나누고 있지만, 사실 나로서는 수학여행에 관해 몇 가지 걱정이 있었다. 물론 기대되는 요소도 많지만.

나는 조금 전에 일어난 일을 떠올렸다.

◇◇◇◇◇◇◇◇◇◇

"너희, 너무 붙어 다녀."

나는…… 아니, 우리는 갑작스럽게 그런 말을 들었다. 서론도 뭣도 없이 그런 말을 들은 탓에 말의 의미를 이해하는 데 시간이 걸렸다.

내가 선생님께 호출당하는 거야 늘 있는 일이지만, 이번만큼은 평소와 달랐다.

고급 소파가 있는 응접실 같은 곳에서, 평소보다 더 낮고 뭔가 고급스러워 보이는 책상 너머에 선생님이 앉아 있었다.

평소에는 교무실에서 평범한 의자에 앉아 있었기에 깊이 가라앉는 소파의 감촉에 위화감이 들었다. 뭔가 무릎의 위치도 평소보다 높은 것 같고.

그리고 내 옆에는…… 나나미가 있었다.

나와 나나미는 나란히 앉아 선생님과 마주 보고 이야기하고 있었다.

뭔가 차까지 내주시고, 평소의 호출과는 전혀 다른 분위기라고 생각했는데…… 갑자기 그런 말이 튀어나왔다.

나도 나나미도 동시에 수줍음을 느꼈다.

"에이, 그렇게 칭찬받으면 부끄러운데요."

"칭찬이 아닌데?"

물론 칭찬이 아니라는 건 알고 있지만, 일단 분위기를 좀 부드럽게 만들고 싶어서 그런 가벼운 농담을 던졌다. 나나미 역시 뺨을 손가락으로 가볍게 누르며 쑥스러운 듯 고개를 돌리고 있다.

선생님도 그것을 이해한 것인지 쓴웃음을 지으면서도 어딘가 흐뭇한 눈빛으로 우리들을 바라보고 계셨다.

시선과 발언이 좀 일치하지 않는 것 같은데요.

"하지만 선생님, 새삼스럽게 호출될 정도로 달라붙어 있던 기억은 없는데요."

"맞아요, 얼마 전에도 학교제 일 때문에 선생님께 주의받은 직후라 저희도 나름대로 주의하고 있는데요?"

"진심으로 하는 말이냐, 너희……."

어이없어 보이는 얼굴로 그런 말을 듣고 말았다. 아니, 보이는 게 아니라 실제로 어이없어하는 건가.

하지만 나나미의 말이 맞았다. 바로 얼마 전에 불려서 주의를 받은 일은 나도 납득하고 있었다. 어쨌든 모두가 보는 앞에서 키스한 거니까.

그렇기에 이번 호출은 이해가 가지 않는달까.

"너희들, 체육제 때도 키스했잖아."

헉, 들켰구나.

나도 나나미도 대놓고 시선을 피하며 모른 척 시치미를

뗐다. 명확한 단어가 나오지 않았으니 어쩌면 속일 수 있지 않을까 하는 희망적인 관측 때문이었지만…….

선생님은 우리들을 반쯤 감은 눈으로 노려보듯이 바라보셨다. 절대로 눈을 돌리지 않겠다는 강한 결의가 느껴지는 시선이었다.

"뭐, 눈치챈 사람은 몇 없는 것 같지만. 솔직히 뭐 하는 짓인가 싶어서 진심으로 당황했다."

그 한마디에 안심했지만, 확실히 좀 과했다는 생각은 들었다. 학교제에서 주의를 받은 지 얼마 되지 않았는데 이번엔 운동장에서 해 버렸으니까.

"근데 선생님, 제가 한 일인데 왜 요신까지 부르신 거예요?"

"응? 바라토만 부르면 또 괜한 억측이 나올 것 같아서 말이야. 게다가 뭐, 이런 일은 연대 책임인 게 당연하지."

"네? 제가 한 일 때문에 요신까지 혼나야 하는 건가요?"

나나미가 납득이 가지 않는다는 얼굴로 항의했지만, 나로서는 나나미를 제지하지 못한 시점에서 똑같은 죄였기 때문에 이의는 없었다.

"아니야. 나나미 혼자 혼날 바에는 나도 같이 혼나는 편이 낫지. 나나미가 혼자 우울해하는 건 싫으니까, 이런 일은 공유해서 반으로 나누자."

"요신……."

"그러니까 선생님, 혼내실 거라면 저에게 반 이상 화내주시고, 나나미한테는 살살 부탁드려요."

"너희는 이런 상황에서도 애정 표현을 억제할 수 없는 거냐?"

태클이 날아왔지만, 이것만큼은 어쩔 수 없다. 물론 무조건 나나미를 감싸는 것은 아니다. 나도 나나미가 잘못하면 물론 화를 낼 것이고……

그런 상황을 겪은 적은 없지만.

"일단 분위기 좋은 와중에 끼어들어서 미안한데, 오늘은 설교하려고 부른 건 아니야."

"아니라고요?"

"그래. 그래서 보다시피 교무실이 아니라 여기로 와달라고 한 거고."

교무실이라면 주위에 보는 눈도 있으니까, 라는 말을 선생님은 덧붙였다.

그렇구나. 그래서 평소에는 오지 않을 것 같은 이런 장소로 부르신 것일까. 설교가 아니라는 말에 나와 나나미는 조금 긴장된 마음을 풀었다.

그러면 무슨 일로 부르신 거지?

선생님은 조금 진지한 표정을 짓는가 싶더니 테이블 위에 놓여 있던 차를 단숨에 들이마셨다. 그리고 두 손을 깍지 끼고 그 표정에 맞춰 조심스럽게 입을 연다.

"결론부터 말하면, 수학여행에서 두 사람이 같은 조가 되어도 괜찮을까 하는 우려가 나오고 있다."

네?

너무나 갑작스러운 선언에 나도 나나미도 얼어붙었다.

왜 그런 우려가 나오는 거지?

결론부터 듣고 말문이 막혀버린 우리들의 모습을 본 선생님이 설명을 덧붙였다.

"학교제에서도 모자라서, 체육제에서도 저지른 상황이야. 이번 일은 목격자가 적으니까 넘어가지만, 우리에게는 너희가 남들 앞에서도 거리낌이 없는 것처럼 보일 수밖에 없단 말이지. 그런데 불순 이성 교제의 코앞까지 간 것 같은 두 사람을 수학여행에서 붙여놨다가 사고라도 치면……."

우리는 얼굴을 마주 보았다. 반박할 여지도 없는 이야기였다. 이 또한 인과응보일까.

설마 선생님들 사이에서 그런 이야기가 오갔을 줄이야.

"그런데 아직 조는 정하지 않았는데요."

"어차피 너희들은 같은 조를 할 생각이었잖아."

무슨 당연한 소릴 하냐는 표정이었다.

물론 할 수 있다면 그렇게 했겠지만, 나는 아직 조 편성 방식조차 모르는 상황이다. 아무래도 내 의지대로 되는 방식인가 본데.

"제비뽑기 같은 게 아닌가 보네요?"

"웬만하면 원하는 대로 5, 6명씩 조를 짜게 할 계획이다."

뜻하지 않게 남들보다 먼저 알게 됐다.

인원 이외에 특별한 제약이 없어서 다행이다. 같은 성별끼리 짜라거나 제비뽑기 방식이면 내게 선택권이 없으니까.

하지만 정작 선생님은 그 자율성을 문제 삼고 있다.

"그래서 저랑 나나미가 같은 조가 되는 게 걱정이라는 건가요?"

"같은 조에 있으면 계속 둘이 붙어 있을 거잖아? 수학여행도 엄연한 배움의 과정이라고."

"저희는 수업도 성실히 듣고 있는걸요? 아무리 그래도 그렇게까지 철이 없지는 않아요. 걱정이 지나치신 것 같은데……."

"여행으로 타지에 나가는 건 즉 비일상이 된다는 뜻이야. 학교를 벗어난 너희가 여행에 마음이 들뜬 나머지 선을 넘지 않을까 걱정할 수밖에 없다는 말이다."

일던 너희는 두 번이나 전적이 있고, 라는 말까지 듣자 더 반박하기가 어려웠다.

하지만 뭐, 수학여행이라는 말 그대로의 의미로 보면 맞는 말이긴 하지만. 나도 모르게 여행에 더 무게를 두고 생각하게 된다.

그나저나 그렇게까지 걱정하고 있을 줄은 몰랐는데, 곤란하네. 학교에서 애정 표현이 너무 지나쳤나? 아니, 의식해서 그런 걸 더 적극적으로 한 건 아니지만.

"미리 말해 두지만 그렇게까지 고민할 필요는 없어. 딱히 너희 둘이 조를 짜는 걸 금지한다거나 하진 않을 테니까."

"그런데도 굳이 우리에게 그 말씀을 하신 건 불안 요소가 있어서 아닌가요?"

"그렇지. 모든 선생님이 개방적인 건 아니니까."

과연 그렇군. 금지까지는 안 되더라도 감시는 엄격해질지도 모른다는 이야기일까.

금지하지 않은 것만으로도 정말 고개 숙여 감사하고 싶다. 나나미와의 수학여행을 망치는 것은 피하고 싶었다.

괜찮은 방법이 없을까 고민하고 있는데, 선생님이 본론을 꺼냈다.

"그러니까 너희들이 다음 중간고사에서 최대한 좋은 점수를 받아줬으면 좋겠다. 가능하다면 90점 이상으로."

"그건 또 무슨 말씀이죠……?"

갑작스러운 발언에 나는 조금 당황한다. 게다가 90점 이상이라니, 내게 얼마나 높은 기준인지 모르시는 건가? 여름방학 보충반이라고요, 전.

나는 당황했지만, 나나미는 조금 이해가 간다는 얼굴로 납득했다.

"수학여행 전에 중간고사가 있는 건 알지? 우리는 그에 관한 모든 걸 수학여행 전까지 끝내야만 해. 그중에는 채 점도 있지."

확실히 수학여행 이후에 중간고사가 있으면 여행도 마음 편히 즐길 수 없다. 여행에서 돌아온 후의 낙차가 너무 심해서 의욕조차 나지 않을 것이다.

하지만 시험 점수와 수학여행이 무슨 상관이 있다고?

"설마, 낙제점을 맞으면 수학여행 중에 보충 수업을 받거나 아예 수학여행에 참여하지 못하는 겁니까?"

"그건 아니야. 우리도 거기서까지 낙제생들의 보충을 봐줄 만큼 여유롭지는 않아."

그건 그렇겠지. 즉, 중간고사와 수학여행에 직접적인 상관관계는 없다.

"현 상황의 문제 핵심은 너희 둘의 도덕적 태도야. 불순이성 교제에 한쪽 발을 담그고 있는 바보 커플이 뭔가 문제를 일으킬지 모른다는 불신감이지."

기어이 선생님에게마저 바보 커플이라는 말을 듣고 말았다. 선생님들이 보기에도 그 정도란 말인가.

하지만 문제를 운운은 용납하기 어려웠다. 나는 몰라도 나나미가 문제를 일으킬 리가…….

그 순간, 내 뇌리에 지금까지의 나나미가 했던 행동들이 주마등처럼 흘러갔다.

주마등은 살 방법을 찾기 위해 뇌가 과거를 되돌아보는 행위라더니, 도움이 될 기억은 무엇 하나 없었다.

"아무런 문제도 없을 겁니다……."

"그런 말은 자신 있게 나와야 하는 거 아니야?"

역시 눈을 돌린 채로 말한 건 설득력이 없었을까. 나나미도 열심히 고개를 끄덕이면서도 미소가 살짝 굳어 있다.

그런 우리들을 보고 선생님은 숨을 길게 내쉬었다.

"어디서부터가 문제인가, 모든 선생님의 기준이 같은 건 아니야. 극단적으로, 보건 선생님은 아이만 생기지 않으면 괜찮다고 하는 정도지."

지나치게 극단적인 것도 문제건만, 하고 선생님이 덧붙인다. 그 사람은 동료들 사이에서도 유별난 사람 취급인 모양이었다.

"결국, 너희가 한 조가 되고 싶으면, 너희가 다른 선생님들을 설득할 만한 무언가를 보여줘야 한다는 말이야. 그러면 나머지는 어떻게든 되니까. 그 조건으로 나온 게 바로 시험 점수인 거고."

"요약하자면 다소의 문제는 성적으로 무마하라는 건가요?"

"그래. 특히 미스마이. 여자친구가 생긴 뒤로 성적이 오르고 있으니, 교제가 공부에 긍정적인 영향을 줬다고 볼 수 있지. 그게 이번 일을 계기로 성적이 역행하면 의미가 없잖아?"

선생님은 변명하듯 어깨를 으쓱했다.

그렇구나. 확실히 이 학교는 성적이 좋으면 어느 정도 용인해 주는 구석이 있다. 나나미의 복장도 그렇고, 시리 시즈의 옷차림도 그렇다. 어쩌면 테시카가도.

그게 이번에는 내 차례가 온 거다. 점수만 내면 나머지는 어떻게든 수습해 주겠다고 말이다.

참으로 고마운 이야기다. 그런데…….

"70점은 안 될까요, 선생님……?!"

한참을 망설이고 나서 아주 어렵사리 나온 내 대답에, 선생님은 어이가 없다는 얼굴로 한숨을 내쉬셨다.

아니, 나름으로 열심히 하고는 있지만, 여기서 90점으로 점프하는 건 현실적으로 무리다.

여기까지 와서 점수를 흥정하는 꼴이 참 한심하건만, 선생님은 의외의 대답을 주셨다.

"미스마이의 성적을 생각하면 70점도 노력했다고 말할 수 있으려나……."

"그럼요, 선생님! 요신은 열심히 하고 있어요!"

고민하는 선생님을 압박하듯 나나미가 말을 이었다. 좀 더 정확히 말하자면, 내 머리를 끌어안고 쓰다듬기 시작했다.

"요신은 하면 하는 아이예요! 그러니까 목표를 가진 걸 칭찬해 주셔야죠!"

"바라토. 너희가 왜 여기 왔는지 잊은 건 아니지?"

나나미가 진지한 눈빛으로 날 쓰다듬자, 선생님도 본 적 없는 진지한 시선을 돌려주셨다.

방금까지 애정 표현이 너무 과하다는 주의를 받고 있었는데, 금방을 못 참고 또 이러고 있으니 당연했다.

"왜 성실한 학생일수록 좋아하는 상대가 생기면 더 바보가 되는 걸까……."

우리 같은 커플이 또 있는 모양인데.

어쩐지 누구일지 알 거 같아서 차마 물어볼 수가 없었다.

체념한 듯한 선생님의 중얼거림이 묘하게 귀에 박히는 순간이었다.

◇ ◇ ◇ ◇ ◇ ◇ ◇ ◇ ◇ ◇

"뭐, 그런 일이 있었어요. 그래서 수학여행 준비도 해야겠지만 공부도 제대로 해야 하는 상황이에요."

"에엥~? 70점 정도는 수업만 잘 들으면 받을 수 있잖아?"

이 사람도 천상계였다니! 설마 유우 선배에게서 그런 대답이 돌아올 줄은 상상도 못 했다.

"유우 선배, 공부 잘하셨군요."

"의외지? 겉모습이 이러니까 말이야, 하지만 성적은 좋아서 나쁠 게 없다고."

그리고 보니 나나미도 성적이 좋으면 약간의 화려한 차

림은 허용된다는 식으로 말했었는데. 유우 선배 역시 자기 가치관을 관철하기 위해 나름 노력한 결과였던 모양이다. 의외라고 생각해서 미안해요.

"공부 잘하는 갸루. 갭모에가 있을 줄 알았는데, 아니더라고."

전언 철회하고 싶어졌다.

그래도 하나는 알았다. 모티베이션을 유지하는 방법은 사람마다 제각각이다. 인기가 많아지고 싶다는 것도 훌륭한 하나의 욕구였다. 그런데 뭘까, 이 아쉬움은.

"그런데 유우 선배, 고백 많이 받았다고 하지 않았어요?"

"아니 그게 말이지, 어째서인지 여친 있는 애들만 오더라고. 프리인 상대한테는 조금도 인기가 없어……."

왠지 엄청 슬퍼 보인다.

거리감이 너무 가까운 탓에 이상한 고백을 많이 받아봤다고는 했었는데, 그런 인기를 바란 건 아닌 모양이다.

문득 머릿속에서 한 동성 친구의 얼굴이 떠올랐다.

"그러고 보니 제 친구도 여자애한테 인기가 많았으면 좋겠다고, 여친을 갖고 싶다고 그러더라고요."

"오, 마이 친구? 고등학생이라면 대체로 그렇지 않을까? 인기가 많아지고 싶겠지."

"다음에 그 녀석이 가게에 오면 접객해 주세요."

"응응, 마이의 친구라면 통 크게 서비스해 줄게."

한껏 들뜬 유우 선배는 춤을 추듯 준비를 진행했다. 슬슬 손님도 몰릴 시간이니 여유롭게 대화할 시간은 이걸로 마지막이다.

"뭐, 나도 성적은 좋은 편이니까 공부라면 언제든지 알려줄게. 사양하지 말고 말해."

"제게는 나나미가 있으니, 마음만 받아둘게요."

"뭐야, 마이는 벌써 가정교사가 있구나. 특별히 가정교사 코스프레를 하고 알려주려고 했더니."

"이상한 고백만 받은 원인을 알 것 같네요……."

이 사람은 역시 거리감이 심하게 어긋났다. 의지도 되고 좋은 사람이지만 오해의 소지가 다분하다. 유우 선배와 관련된 일은 절대로 나나미에게 숨기지 말자.

"어째서! 어차피 사귀는 사람이 있으면 나한테 관심 없을 테니, 이 정도는 괜찮잖아~."

유우 선배가 시무룩한 얼굴로 대답했다.

이 사람, 이렇게 보여도 순수하다고 할까 단순하다고 할까, 악의에 둔감하다고 할까.

"그러면 대신 조언을 주세요. 어떻게 하면 공부에 대한 동기를 계속 유지할 수 있죠?"

"그건 어렵지 않아. 목표가 있으면 돼."

"목표라. 으음…… 그럴 수도 있겠네요."

내 목적은 나나미와 함께 수학여행을 즐기는 거지만, 그

과정에서 공부가 필요하다면, 그것 자체가 동기가 될 수도 있겠다 싶었다.

나나미와 함께하는 수학여행. 생각만 해도 뭐든 열심히 할 수 있을 것 같다.

내가 결의를 다지고 있으니 유우 선배의 충고가 들려왔다.

"마이, 수학여행은 말이지, 출발 전부터 이미 시작된 거야."

"그건 또 무슨 말이죠?"

"준비하는 과정부터 즐겨야 한다는 거지. 공부한다고 그런 걸 놓치지 말라는 말이야."

그렇군. 준비 과정까지 포함해서 수학여행의 추억이라는 건가. 학교제를 준비할 때도, 과정만으로 즐거웠었지.

중학교 수학여행은 아무런 인상을 남기지 못했으니, 내게는 이번이 첫 수학여행이나 다름없다. 꼼꼼히 즐기지 않으면 손해다.

"감사해요."

내 감사의 말에 유우 선배는 눈부시게 환한 미소로 화답했다.

수학여행 준비도 나나미와 함께 진행해야겠다.

공부도 열심히 하고, 아르바이트도 열심히 하고, 수학여행도 즐기는 거다.

바쁜 일상을 생각하자 나답지 않게 가슴이 두근거렸다.

우선 오늘 아르바이트부터 열심히…….

"그나저나 마이. 네 친구가 가게에 오면, 혹시 내가 먹여 주거나 해야 해?"

"그건 영업 관련 법률적으로, 해도 괜찮은 행위인가요?"

히토시야 아무 생각 없이 두 팔 벌려 환영하겠지만.

그 녀석이 언젠가 왔을 때를 대비해서, 혹시 모르니 미리 확인해 두자.

수학여행은 사전 준비가 매우 중요하다.

특히 이번에 우리들은 해외라고 하는, 그야말로 정말 미지의 세계로 떠나게 된다. 그렇기에 미지에 대한 두려움과 기대감이 겹칠 수밖에 없었다.

미지의 세계로 가는 경우 준비는 꼼꼼할수록 좋다. 유비무환이라는 말도 있는 것처럼, 세세한 부분까지 꼼꼼하게 준비해서 나쁠 것은 없었다.

그래서 오늘은 나나미와 여행 준비를 위한 쇼핑 데이트를 하게 되었다.

제대로 된 데이트……라고 하기엔 좀 아쉬울지도 모르지만. 최근에는 학교 행사가 많아진 탓에 단둘이 있을 때는 비교적 여유롭게 지내는 경우가 많았다.

물론 단둘이서 노는 시간도 많이 가졌지만, 그렇다 해도 요즘은 방에서 여유롭게 지내는 시간이 더 많았다.

　편의점에서 과자를 사 와서 둘 중 한쪽의 집에서 느긋하게 쉬면서 수다를 즐긴다. 방에서는 마음이 내키면 편하게 누워서 보낼 수도 있으니까.

　다만 내가 누워 있으면 나나미가 내 옆에 함께 따라 눕는 것이 일상이 되어버렸다. 그건 좀 놀랍다.

　반대로 나나미가 누워 있을 때 내가 함께 눕지 못한다는 것은 남겨진 과제였다. 나나미에게 오라는 말을 듣기 전까지는 따라 눕는 것이 좀 어려웠다.

　나도 좀 더 적극적으로 다가갈 수 있다면 좋겠는데……

　이런, 이야기가 엇나갔다. 아무튼 오늘은 쇼핑 데이트다. 오랜만의 데이트.

　"그러면 오늘은 선글라스를 사러 가자."

　"좋아."

　나나미가 손을 들자, 나도 그에 호응하듯 손을 들었다. 그 밖에도 살 것은 다양하게 있었지만, 오늘의 가장 큰 목표는 선글라스였다.

　사실 선글라스는 평범한 안경조차 사 본 적 없는 나에게는 허들이 좀 높은 쇼핑이었지만, 나나미와 함께 가면 기죽지 않고 살 수 있을 것 같았다.

　딱히 대단한 것도 아닌데, 막상 사려면 마음의 준비가

좀 필요한 것들이 있다. 야한 거 말고.

오늘의 나나미는 선글라스를 사러 왔다는 목적 때문인지 조금 과감한 옷을 입고 있었다.

한쪽 어깨가 드러난 오버사이즈 레이스 스웨터에, 아래는 몸 선이 드러나는 청바지 차림.

상반신의 노출이 많아서 그런지 노출 부분이 허전하지 않도록 목걸이를 착용했다. 이 패션에 선글라스를 쓰면 멋있을 것 같다.

반면 나는 선글라스를 의식하지는 않아서, 그냥 무난한 평상복이다. 그래도 뭐, 아주 오래전에 입고 다녔던 올블랙 패션에 비하면 그나마 나아졌다.

흰 셔츠에 검은색 오버사이즈 상의, 아래는 카키색 면바지. 사실은 나나미가 골라준 코디다.

잘 어울릴까? 하고 물었더니 어울린다고 대답해 주기에, 기뻐서 덜컥 사버렸다. 이렇게 보면 나도 참 단순하다.

"나나미, 오늘 패션은 뭔가 섹시하고 근사하네."

"고마워, 요신도 잘 어울려~. 귀여워."

이런 칭찬도, 민망하긴 하지만 중요한 일이다. 잘 어울린다거나 귀엽다고 말을…….

"응? 내가 귀엽다고?"

"완전 귀여워, 실루엣의 느낌 같은 게 엄청 귀여워."

자기 몸을 내려다보았지만 딱히 귀엽다는 감상은 나오

지 않았다. 이게 귀여워?

내가 느끼는 감각과 나나미가 느끼는 감각의 차이가 아주 조금 답답했다. 이것이 패션을 배우지 못한 자의 말로인가…….

"으음, 나나미를 보면 곧바로 귀엽다는 생각이 드는데, 나에 대해서는…….."

"어? 그래? 난 가끔 스스로 귀엽다고 생각하는데?"

"그건 나나미가 정말 귀여우니까 그렇지."

내 대답에 나나미는 조금 풀어진 얼굴로 헤헤, 하고 귀엽게 웃는다. 응, 나나미는 귀엽다.

역시 귀여운 건 정의다.

"그럼 귀여운 나나미의 손을 잡고…….."

"나도, 귀여운 요신의 손을 잡아야지."

서로, 누가 먼저랄 것 없이 손을 맞잡고 목표로 한 가게를 향해 움직이기 시작했다. 오늘은 시간이 되는 한 이곳저곳 가 볼 예정이다.

우선은 첫 번째 가게.

요 며칠 사이에 하와이에 대해 여러모로 조사했는데, 흥미로운 이야기가 많았다.

예를 들면 햇빛.

수학여행은 시기는 성수기가 아니지만, 이곳과는 비교가 안 될 정도로 햇빛이 강하다고 한다. 그래서 강한 자외선 차단제나 모자, 선글라스는 꼭 가져가는 편이 좋다고 한다.

선글라스는 잘 노는 사람들이 패션으로 사는 건 줄 알았는데, 그렇지도 않은 모양이다.

"눈도 햇볕에 타나……?"

"먹는 거라면 약간 타도 맛있지만, 눈이 타는 건 좀."

"눈에 바르는 자외선 차단제는 없나? 안약 같은 것처럼."

"그런 건 들은 적이 없는데……. 눈이 탄 뒤에 쓰는 약은 있어도."

나는 눈도 탈 수 있다는 사실을 전혀 몰랐다. 나나미도 모르는 기색이었다.

오늘 선글라스를 사려는 이유도 그것 때문이다. 그래도 나나미는 선글라스 하나쯤은 갖고 있을 줄 알았는데, 아니었다.

"나도 해외에 가 본 적이 없거든. 아예 비행기 자체를 안 타본 것 같아."

"어, 정말? 중학교 수학여행 때는 어떻게 갔어?"

"그때는 기차였어. 요신은?"

"나도 비행기는 이번이 처음이야. 중학교 때는 버스랑 기차였고."

그럼 또 똑같이 처음이네, 하며 나나미가 기쁘다는 듯

환하게 미소 지었다. 그 표정을 볼 수 있는 것만으로도 과거의 나를 칭찬해 주고 싶었다. 지금까지 비행기를 타지 않아서 고맙다.

앞으로 서로의 처음을 몇 번이나 더 공유할 수 있을까. 이것만으로도 이번 수학여행은 잊지 못할 소중한 추억이 될 것 같았다.

내가 그런 감상에 젖어 있는데, 나나미가 불현듯 조금 난해한 표정을 지었다. 뭔가 후회하는 것 같기도 하고 고민하는 것 같기도 한 복잡한 표정이었다.

"왜 그래?"

"내가 안경을 맞추지 않았다면 이번 선글라스 선택도 처음으로 할 수 있었을 텐데……."

아, 나나미는 평소에 쓰는 안경이 있었지.

나는 다행이라고 해야 할지, 눈이 나쁘지 않아 안경을 쓸 일이 없었다. 패션 안경도 없고.

안경류를 사러 가는 것 자체가 신선하다.

"그래도 선글라스는 처음이잖아?"

"음, 그건 그렇지. 게다가 염원하던 안경 쓴 요신의 모습까지 볼 수 있다니! 기대된다!"

"그 정도로……?"

"왜, 전에 야경 봤을 때 내가 그랬잖아. 안경 쓴 요신을 보고 싶다고."

어, 그런 말을 했었나……? 기억이 나지 않는다. 그때는 나나미에게 선물을 건네주는 것 때문에 여유가 없었다.

떠올리기 위해 머리를 굴리고 있으니, 시선이 느껴졌다.

눅눅한, 축축한 시선이 느껴진다…….

그런 시선을 보낼 사람은 이 자리에 딱 한 명뿐이었고, 당연히 나나미였지만.

아무래도 나나미는 내가 그 일을 기억하지 못한 것에 좀 화가 난 모습이었다. 좋아졌던 기분이 다시 가라앉았다.

"……미안합니다, 기억이 나지 않습니다."

"하여간. 그래도 솔직하게 말해 줬으니까 용서해 줄게."

얼버무리기보단 솔직하게 말하는 게 나을 것 같아 그렇게 말하자, 나나미는 순순히 용서해 주었다. 어쩌면 처음부터 그렇게까지 화가 난 것은 아닐지도 모른다.

나나미는 잠시 내 손을 놓는가 싶더니 그대로 내 팔에 자기 팔을 감싸며 꽉 끌어안았다. 팔짱을 끼자, 나나미의 부드러운 감촉이 직접적으로 느껴졌다.

누울 때도 붙어 있긴 하지만, 이렇게 이동하면서 붙는 건 또 느낌이 다르다.

나도 팔짱을 끼고 걷는 데 익숙해졌는지, 예전보다는 잘 걷는 기분이다.

"뭐, 그때는 요신도 힘들었으니까. 높은 곳을 무서워하기도 했었고."

"아, 그랬었지."

어쩌면 공포 때문에 세세한 부분이 날아간 것일지도 모른다. 여전히 대화 내용은 거의 기억나지 않는다.

"말하다 보니까 떠올랐는데, 요신은 높은 곳은 무서워하잖아? 그런데 비행기는 괜찮을까?"

"그러고 보니……. 어떨지 모르겠네."

"그때도 본인이 높은 곳을 무서워한다는 사실을 몰랐잖아. 이건 미리 알아볼 수도 없고……."

듣고 보니 걱정되기 시작했다. 정말로 괜찮을까, 나? 전혀 생각도 못 했는데.

비행기는 지상과의 거리감을 느끼기 어려우니, 아마 괜찮지 않을까? 막상 탈 때까지 알 수가 없다.

이거, 햇빛을 걱정할 게 아니라 높은 곳을 대비해야 했다. 물론 그런 대비책은 존재하지 않겠지만!

최악에는 반 애들 앞에서 추태를 드러내야 할지도 모른다. 각오해야겠는데.

"무리하지 않았으면 좋겠지만, 같이 수학여행은 가고 싶어…… 이율배반이란 말은 이럴 때 쓰는 말인 걸까."

"뭐, 조금만 참으면 되는 거니까 참아봐야지. 나도 나나미랑 수학여행은 가고 싶으니까."

"조금이라고 하기엔 좀 길지 않나? 적어도 8시간은 타야 할 텐데?"

뭐? 여덟 시간……? 그렇게 한 이동 수단을 오랜 시간 타고 있어도 괜찮은 거야? 높은 것보다도 오히려 그쪽이 더 걱정되기 시작했다.

그런 내 모습을 보고 나나미는 내가 높은 곳에 있을 것을 불안해하고 있다고 오해했는지, 팔짱을 낀 상태에서 재주 좋게 내 손을 잡았다.

평소의 잡는 방법과는 다른, 팔짱을 낀 상태에서 손을 잡는 형태. 왠지 복잡해서 지혜의 고리가 된 기분이었다.

"괜찮아, 불안하면 계속 손을 잡아줄게."

나나미는 치아를 드러내며 씨익 웃더니 그대로 내게 자기 몸을 누르듯이 달라붙어 왔다. 확실히 나나미의 손을 잡고 있으면 불안함은 느껴지지 않는다.

뭐, 높은 곳에 있었을 땐 아니었을지도 모르지만. 그때는 돌발적인 상황이었으니까. 지금은 미리 알고 있으니, 용기가 생기는 기분이었다.

"비행기에서도 옆에 앉으면 좋겠다."

"음, 만약 자리가 멀어지면, 다른 사람에게 부탁해서 바꿔 앉을 수 있으려나?"

어떨까? 조사한 바에 의하면 비행기는 전부 지정석이나 다름없으니까 멋대로 바꾸면 안 되지 않을까?

아니면 동의가 있으면 자리를 바꿀 수 있는 걸까? 좌석이나 표 확인 절차는 없는 건가?

그것도 차차 알아보기로 하자.

그런데 너무 애정 표현이 과하다는 주의를 받은 상황인데, 비행기에서 옆자리에 나란히 앉아도 되는 걸까.

그때를 위해서라도 공부를 더 열심히 하는 수밖에 없을 것 같다.

"그럼, 오늘은 준비의 첫걸음으로 선글라스를 골라볼까?"

"응! 귀여운 걸로 고르자~!!"

이곳은 나나미가 평소 자기 안경을 사는 전문점으로, 백화점 한쪽에 자리한 매장이다. 공간이 꽤 넓고 독특한 냄새가 느껴졌다.

서점의 책 냄새, 미용실의 미용액 냄새, 음식점의 음식 냄새…… 여러 가지 냄새를 경험해 왔지만, 이것은 처음 맡아보는 냄새였다.

"어? 나나미잖아? 오랜만이네, 오늘은 무슨 일로 왔어?"

"에헤헤, 오랜만이에요~. 오늘은 선글라스 사러 왔어요. 그…… 남친이랑 같이…….."

들어가자마자 한 여성이 나나미에게 말을 걸었다.

갈색 머리를 뒤로 묶고 가는 눈매를 한, 차분한 분위기를 가진 여성이었다. 복장은 가게의 유니폼을 입고 있다.

약간 연상의 누나 같은 분위기를 풍기는 여성이었다.

나는 이런 식으로 점원이 직접 말을 걸어온 경험이 없었기에 당황하고 말았다. 이것도 나나미의 커뮤니케이션 능력 덕분인 걸까.

소개받은 이상 인사를 하지 않으면 실례일 것 같아 나는 가볍게 고개를 숙였다. 뭐라고 해야 할지 알 수 없어 무난한 인사말을 골랐다.

그 여성은 나와 나나미를 번갈아 바라보더니 무척 흐뭇한 얼굴로 "어머, 어머!" 하며 환한 미소를 지었다.

왠지 눈가에는 희미하게 눈물이 보이는 것 같은데.

"세상에! 이야기는 들었지만, 나나미에게 정말로 남자친구가 생겼구나! 축하해!"

이야기를 들었다고? 가게 점원한테까지 소식이 전해지는 거야?

"에헤헤, 감사해요. 하지만 카스미 씨는 반응이 너무 오버예요."

"애는, 무슨 그런 소릴. 오버한 거 아냐. 아, 선글라스가 필요하다고 했지? 일단 이쪽으로 와. 지금 차를 내줄 테니까."

점주가 차를 내줘? 안경점에서는 차도 나와?

안내받은 자리에 앉긴 했지만, 가만히 앉아 있기 어려웠다. 미지의 접객에 마음이 좀처럼 가라앉질 않았다.

마치 갓 상경한 사람처럼 주위를 두리번거리고 만다. 이런 태도를 보이면 나나미가 부끄럽게 느끼지는 않을까…….

그렇게 생각하고 있는데, 나나미는 늘 있는 일인지 무척 차분했다. 그 모습을 보자 내 마음도 조금 편안해졌다.

"저기…… 카스미 씨라니?"

"아, 우리 엄마의 친구분이셔. 아는 후배라고 했나? 엄마보다 조금 어리시거든."

호오, 토모코 씨의 친구분이셨나. 그래서 나나미에게 남자친구가 생겼다는 사실을 알고 있었던 거구나. 하긴 부모님끼리 대화하다 보면 자식 이야기가 자연스레 나오기 마련이겠지.

친구라서 그런 건 아니겠지만, 분위기나 스타일이 좀 비슷한 느낌이다.

……잠깐, 후배? 조금 어리시다고?

나는 우리보다 조금 연상의 누나인 줄 알았는데, 설마 부모님 또래였다니. 나이보다 훨씬 젊어 보인다.

여성을 상대로 나이를 언급하지 않는 것이 좋다지만, 정말 놀라운 수준이었다.

"요신도 깜짝 놀랐지? 카스미 씨는 엄청 동안이니까. 엄마도 항상 부럽다고 그러셨어."

"……아무 말도 안 했는데 어떻게 알았어?"

"놀랐을 때 반응이 나랑 똑같았거든. 나도 처음에는 그냥 약간 연상인 줄만 알았어."

"나만 의아한 게 아니었구나."

"응. 내가 처음 만난 건 초등학생 때였는데…… 아니, 잠

171

깐? 그러면 그때부터 지금까지 거의 변하지 않았다는 건가?"

나나미는 말하다가 스스로 놀랐다.

가끔 있지, 이상할 만큼 세월을 피해 가는 사람들이. 유명인 중에서도 몇몇 있다.

"자, 차 마셔."

우리들의 눈앞에 희미한 초록빛이 도는 예쁜 황금색의 음료가 놓였다. 새하얀 잔에 담겨 있는 탓인지 색이 더욱 돋보였다.

김이 모락모락 나는 따뜻한 차. 손에 쥐자, 따스함이 서서히 스며들었다.

"그래서 오늘은 어떤 선글라스를 사러 온 거야? 아, 혹시 커플이 된 기념으로?"

"아, 그런 건 아니고요. 실은 이번 수학여행으로 하와이에 가게 됐거든요. 그래서 자외선을 막아줄 게 필요해요."

아직 나나미가 충격 상태에서 돌아오지 않았기에, 그녀를 대신해 내가 설명했다. 그러자 카스미 씨는 왠지 뿌듯한 얼굴로 나에게 미소를 지어 보이셨다.

그 시선이 좀 부끄러웠던 나는 어색함을 얼버무리듯 차에 입을 가져갔다.

맛있다. 달콤한 맛이 나는 게, 마음이 편해진다.

"나나미의 남자친구는, 그러니까……."

"미스마이 요신이라고 합니다. 잘 부탁드려요."

"그렇구나, 요신 군, 요신 군……. 응, 요신 군. 외웠어."

그녀가 흐뭇한 얼굴로 미소 지었고, 차를 마셔서 편안해진 탓인지 내 표정도 부드러워졌다. 온화하고 안정감을 주는 미소다.

"나나미와 사귄 건 올해부터니?"

"네. 2학년 초반 무렵부터 사귀기 시작했으니까, 이제 곧 반년이 되네요."

"안경 쓴 나나미를 본 적 있어? 무척 귀엽단다. 내가 추천해 준 안경이야. 나나미 같은 아이는 더 많은 안경을 써야 한다고 생각해."

"본 적이 있어요. 확실히 귀여웠어요."

선글라스 이야기는 제쳐두고, 카스미 씨는 나나미에게 얼마나 안경이 잘 어울리고 귀여운지에 대해 본격적으로 열변을 토하기 시작했다.

나 역시 나나미가 정신적인 충격에서 돌아오지 않는 한 선글라스를 정하기는 어려울 것 같아 대화를 계속 이어갔다. 무엇보다 내가 모르는 나나미의 귀여운 이야기를 들을 수 있었다.

한동안 나나미와 안경에 관한 에피소드가 이어졌다.

"나나미는 시력이 나쁘진 않으니까, 렌즈를 할 필요도 없는데, 직접 눈에 넣는다는 이야기를 듣고 무서워서 울었던 적도 있단다."

"그런 귀여운 시절이 있었군요. 지금도 귀엽지만요."

"이게 무슨 대화야?!"

내가 나나미와 안경에 얽힌 에피소드를 거의 다 들었을 무렵에야 나나미가 정신을 차렸다.

전부 귀여운 일화들이었다. 나는 그걸 들은 것만으로도 이미 여기 온 걸 만족하고 말았다.

"왜 벌써 만족한 얼굴이야?! 아직 선글라스도 안 샀는데?!"

"내가 요신 군에게 나나미의 좋은 일화들을 알려줬어."

"대체 무슨 말을 한 거예요?! 설마 그걸 얘기한 건 아니죠?!"

나나미의 항의에 카스미 씨는 부드러운 미소만 지을 뿐이었다. '그거'라는 게 뭘까? 내가 들은 이야기가 전부가 아닌 건가?

"자, 그러면 선글라스를 골라볼까? 어떤 게 좋을까?"

화제를 돌리듯 카스미 씨가 손뼉을 쳤다.

더 따져도 통하지 않을 걸 알았는지, 나나미는 못마땅한 표정으로 살짝 뺨을 부풀렸다.

좋아 어떤 선글라스로 할까나⋯⋯.

"요신, 나중에 무슨 말 들었는지 알려줄 거지⋯⋯?"

"⋯⋯네."

웃음 속에서 느껴지는 나나미의 압력에 나는 조용히 고

개를 끄덕일 수밖에 없었다. 아니, 이 상황에서 싫다고 말할 수 있는 사람이 있을까?

적어도 나는 불가능했다.

수학여행 준비는 순조롭게 진행되었다.

선글라스와 자외선 차단제를 사고, 여권 신청을 하고, 학교에 제출할 서류를 쓰고…….

준비를 하나씩 해 나갈 때마다, 여행을 간다는 실감이 마치 블록처럼 쌓여갔다. 그에 따라 나의 마음도 조금씩 두근거리고 있었다.

이제는 귀찮던 서류 작성조차 즐거울 지경이었다.

전부 나나미가 함께 있는 덕분이다. 동행자가 이렇게 중요하다. 여행은 어디로 가느냐보다 누구와 가느냐가 더 중요할지도 모른다.

……여행 경험도 거의 없는 내가 할 소리는 아닌가.

아무튼, 나나미 덕분에 여행 준비는 순조로웠다.

그리고 오늘은 수학여행에서 함께할 조를 정하는 날이다. 아마 이미 다들 마음이 맞는 사람끼리 상의해 둔 게 있을 테지.

그러나, 수학여행 또한 엄연한 학교의 수업이다. 그 수학여행이 얼마나 유익해지는가는 조를 어떻게 짜느냐에 따라 달라지므로, 조 편성은 몹시 중요한 과정이라고 할 수 있다.

과거의 나였다면, 이 조를 결정하는 시간이 고통스러웠을 거다. 하지만 지금은 다르다. 그때의 나와는 다르니까. 참 감사하게도.

"조 인원수에 제한은 없지만 5~6명 정도를 기준으로 해라."

선생님과 반장의 그 말을 듣고, 모두가 원하는 사람에게 말을 걸거나 뭉치기 시작하면서 교실 안이 금세 시끌벅적해졌다.

마찬가지로 나도 자리에서 일어나 나나미에게 향했다. 나나미는 턱을 괸 채 내가 다가오기를 기다리고 있었다.

사실 이번에는 내가 먼저 가겠다고 미리 말해 둔 상태였다. 학교제 때도 체육제 때도 나나미가 내 자리에 먼저 와 줬으니까, 수학여행 조는 내가 먼저 권유하고 싶었다. 정말 소소한 일이지만, 그것조차 나에게는 큰일이었다.

나나미의 앞에 서자 갑자기 긴장되기 시작했다. 문득 처음 데이트를 신청했을 때가 떠올랐다.

이런 건 아무리 지나도 익숙해지지를 않네.

"나나미, 수학여행에서 같은 조 하지 않을래?"

"물론이지, 에헤헤, 요신이 먼저 초대해 주는 건 언제든

기뻐."

턱을 괴고 있던 나나미는 행복한 얼굴로 함박웃음을 짓더니 자신의 옆자리를 톡톡 친다. 나더러 거기 앉으라고?

허락도 없이 남의 자리에 앉으려니 조금 부담스러웠지만, 결국은 그 자리에 앉았다. 누구 자리인지는 모르겠지만 잠시 빌릴게요.

다 똑같은 의자인데, 왜 남의 자리에 앉는 것만으로도 눈치가 보이는 걸까.

"……이 뻔한 연극은 뭐야? 너희가 같은 조가 아니면 누가 같은 조가 된다고."

"학교제 이후로 점점 더 거리낌이 없어지는 것 같은데~."

오토후케 일행이 어이없다는 투로 말하며 뒤에서 다가왔다.

두 사람에게는 말하지 않았지만, 나나미와 한 조가 되기 위해 겪은 시련이 있었거든.

나와 나나미는 마치 약속이라도 한 것처럼 선생님 쪽으로 시선을 돌렸다.

선생님은 말없이 끄덕이며 엄지를 세우셨다.

무사히 넘어가서 참 다행이다. 나와 나나미는 얼굴을 마주 보며 안도의 한숨을 내쉬었다.

정말 열심히 했다. 진짜로 열심히 공부했다.

그 덕분에 무사히 오늘을 맞이했다.

전 교과목 70점 이상. 내게는 엄청난 쾌거였다.

시험 후에 이렇게 후련할 수가 있다니! 미처 몰랐다. 심지어 보충 수업도 없다!

이것만으로 모든 선생님이 완벽하게 납득하지는 않았겠지만, 적어도 이번에는 무사히 넘어간 모양이었다.

이제 나와 나나미의 조 편성을 가로막는 장애물은 아무것도 없다! 이제 마음 놓고 수학여행을 다녀올 수 있다!

"둘 다, 표정이 왜 그렇게 미묘해?"

"……우리 몰래 야한 짓 했어?"

"안 했어! 왜 아유미는 바로 그런 이야기로 연결 짓는 거야!"

"그야 당연히 내가 하고 싶으니까 그렇지~. 한동안은 할 수 없는 상황이거든. 그렇게 생각하니 나나미가 부러워서."

나나미가 말을 잃고 말았다.

카모에나이는 뭘 떠올린 건지, 번민에 찬 표정이었다. 오토후케는 카모에나이의 심정을 아는지 쓴웃음을 지었다.

두 사람은 두 사람대로 뭔가 있었던 모양이다.

"우리는 조 편성에 사정이 좀 있었어."

"그렇구나, 여러 일이 있었구나."

"그러면 어쩔 수 없지~."

내 변명에 두 사람이 고개를 끄덕였다.

두 사람은 나와 나나미 근처 자리에 앉아 있다.

평소 멤버인 4명. 나는 조금 더 용기를 내보았다.

"오토후케 씨랑 카모에나이 씨도 같은 조 하지 않을래?"

말하고 나니 엄청나게 심장이 두근거린다. 아까 나나미에게 권유했을 때와는 또 다른 감각이었다.

거절당하면 어쩌나 하는 마음과, 너무 주제넘은 짓이 아닌가 하는 걱정이 뒤엉켰다. 지금까지 누군가를 초대해 본적이 없었기에 당장이라도 식은땀이 날 것만 같았다.

그런데 기다려도 대답이 돌아오지 않았고, 내 안의 긴장감이 점점 더 커졌다. 두 사람을 바라보니, 그녀들은 눈을 동그랗게 뜨고 있었다.

나나미도 그런 두 사람을 의아한 얼굴로 바라보고 있었다. 뭐지, 이 분위기는?

두 사람 다 아까의 우리처럼 시선을 주고받더니, 다시 나에게 시선을 돌렸다. 그 무렵에는 어리둥절한 얼굴이 아니라 어딘가 기뻐 보이는 미소를 짓고 있었다.

그 미소가 왠지 엄마와 비슷했던 건 비밀이다.

"설마 미스마이가 먼저 권유할 줄은 몰랐는데."

"응, 조금 심쿵했어."

"……아유미?"

"아, 아냐, 나나미! 그런 의미의 두근거림이 아니라, 성장이 기쁘단 뜻이었어!"

나나미의 눈이 번뜩이자, 카모에나이가 당황해서 해명

179

했다. 뜻밖의 대답에 나도 깜짝 놀랐다.

확실히 이렇게 누군가를 초대하는 것은 처음 있는 일이지만, 이렇게 놀랄 거라고는 생각하지 못했다. 뭔가 쓸데없는 말을 해 버렸을 때처럼 조금 부끄럽다.

이것이 사람과 관계를 맺는다는 것일까. 아니, 고작 초대하는 것 정도로 너무 과장하는 걸지도 모르지만.

"뭐, 그래도 초대해 주니까 기쁘네."

"새삼스럽게 들으니까 좋다. 고마워~."

격려를 담은 말을 듣자 조금 위로받는 기분이 들었다. 그렇다기보단 오히려 신경을 쓰게 만들어서 미안한 마음이었다. 앞으로는 괜한 일로 부끄러워하지 않도록 주의하자.

이것만큼은 시간이 필요한 문제겠지만 말이다.

"하지만 초대하고 이런 말을 하는 것도 좀 그렇지만, 두 사람은 나랑 같이 다녀도 괜찮은 거야?"

나나미랑 함께하는 건 나쁘지 않겠지만, 내가 같은 조에 있어도 괜찮은가는 별개의 문제다.

더구나 나와 나나미가 같이 있으면 아마도 눈에 해로운 장면이 있을 것이다. 자제하더라도 연인 사이니까, 어느 정도는 나올 수밖에 없다.

그 점에 대해서는 나나미도 나와 같은 의견인지, 수학여행이니까 다른 친한 아이들과 함께하는 게 좋다면 무리할 필요는 없다고 말해 주었다.

오토후케와 카모에나이는 친구들이 많으니까. 아마 어느 조에 들어가더라도 즐겁게 놀 수 있을 것이다. 저번에 나한테 사과했던 두 사람을 포함해서.

　모처럼의 여행이니까 즐겁게 놀 수 있는 멤버들끼리 가는 편이 좋겠지.

　"하, 안 그래도 문제가 하나 있었지……."

　오토후케와 카모에나이는 조금 말을 꺼내기 어려운 듯, 나와 나나미에게 얼굴을 가까이하더니 귓속말을 했다. 보기 드문 반응이다.

　"사실은 말이지, 오빠가 걱정하고 있어……."

　"우리가 다른 남자애들이랑 같은 조가 되면 어쩌나 전전긍긍하더라~. 학교제 의상을 보여줬더니 더 심해졌어~."

　"그런 점에서, 미스마이와 같은 조가 되면 오빠도 안심이지 않을까?"

　"다른 남자들 권유를 거절할 구실도 되고 말이지."

　아 그런 건가.

　수학여행을 앞두고 다들 기분이 들뜬 만큼, 행동도 다소 과감해지는 모양이다.

　실제로 여기서도 이미 몇몇 남자애들이 여자애들을 권유하는 모습이 보였다.

　요전 날 만난 여자애 두 명은 반대로 남자애들을 초대하고 있었다. 초대를 받은 남자가 조금 놀란 얼굴로 뺨을 물들였다.

이게 수학여행 조 편성의 묘미인가.

하지만 학교 밖에 남자친구가 있는 오토후케와 카모에 나이는 저럴 수가 없다. 남자친구가 걱정하기 때문이다.

두 사람의 심경을 이해한다. 나라도 나나미가 같은 상황이라면 걱정할 테니까.

나도 만약 나나미가 내가 모르는 곳에서 모르는 남자와 함께한다면, 안심할 수 있는 누군가가 옆에 붙어 있지 않고서야 절대 안심할 수 없을 것이다.

"그런 거라면 당연히 좋지만, 저기, 내가 한 명 더 불러도 될까?"

"응? 아, 딱히 우리는 둘 사이에 끼어드는 입장이니까, 전혀 상관없는데……."

"미안해~ 단둘이 가고 싶었을 텐데."

그건 애초에 불가능하다. 뻔히 다 알고 말하는 거겠지만, 그래도 단둘뿐이라면…… 하고 조금 상상하게 된다.

나나미도 나와 마찬가지로 "단둘이서……" 하고 중얼거리며 이미 망상의 세계로 떠나버렸다. 그런 나나미를 원래대로 돌려놓은 뒤, 우리 두 사람은 자리에서 일어났다.

향하는 곳은 어떤 두 사람이 있는 곳이었다.

아까도 그렇지만 누군가를 초대한다는 것은 용기가 필요한 일이다. 지금까지 해본 적 없던 일이라면 더더욱 그렇다.

하지만 아까도 괜찮았다는 생각에 심적으로는 좀 편안했다. 분명 지금이라면 자연스럽게 초대할 수 있을 것이다.

"히토시, 잠깐 괜찮을까? 괜찮다면 같은 조……."

"좋아!!"

말이 끝나기도 전에 대답을 들었다.

예상외의 전개에 살짝 말문이 막혔다. 내 반응이 재미있는지, 히토시가 호탕하게 웃었다. 마치 기다리고 있었다는 듯한 반응 속도였다.

"나 참, 이제야 초대하다니. 늦었잖아! 불러주길 기다리고 있었다고! 요신이 나 말고 다른 남자를 부르면 어쩌나 아까부터 안절부절……."

히토시는 진심으로 안도한 얼굴로 그렇게 말한다. 참고로 난 아직 히토시 외의 남자애들과는 별로 친하지 않으니까 그럴 일은 없다.

히토시가 떠들기 시작하니까 주변 사람들이 다들 따뜻한 시선을 보내잖아. 선생님이 가장 따뜻한 눈빛을 하고 있다.

그러지 마세요. 얼마 전에 걱정을 끼치기는 했지만, 처음으로 친구가 생긴 아이를 보는 눈빛은 사양입니다. 실제로 처음 생긴 친구이긴 하지만!

"내가 불러놓고 말하긴 좀 그렇지만, 괜찮아? 모처럼의 수학여행인데."

"당연히 괜찮지. 게다가 봐, 내가 들어가지 않으면 요신 혼자 남자니까 외롭잖아? 역시 남자도 한 명 있어야지."

"딱히 외롭진 않지만, 같이 가면 즐겁겠다는 생각은 했어."

"오, 오오······! 츤에서 데레로 전환이 빨라······!"

대체 어디에 감동하는 건데, 넌. 딱히 츤데레도 뭣도 아니니까 그런 식으로 해석하지 마.

즉답해 준 것은 기쁘지만 너무 성급하게 초대한 것은 아닐까. 그런 생각이 들어 고민하는데, 주위에서 놀리는 소리가 들려왔다.

"아, 미스마이. 그 녀석 이번 수학여행은 너랑 가고 싶다고 아우성쳤으니까, 그냥 좀 넣어줘라~."

"야, 그걸 말하면 어떡해!! 오랜만에 좀 멋진 분위기였는데!"

"어휘력도 부족하고 딱히 멋있지도 않았어."

주위 아이들의 말에 히토시는 얼굴을 붉히며 허망하다는 표정을 지어 보였다. 마치 장난을 딱 들킨 아이 같았다. 하지만 그렇구나, 그렇게 생각해 주고 있었나.

함께 가고 싶어 하는 사람이 있다는 것은 굉장히 고마운 일이었다.

"켄부치는 잘 불렀어?"

"아, 응······ 나나미 쪽은?"

"이쪽도 성공이야. 코토하도 우리 조로 들어와 준대."

손가락으로 동그라미를 만든 나나미의 뒤에서 시리시즈가 평소의 나른한 눈으로 브이 사인을 보내왔다. 이것으로 우리 반은 6명이 됐으니까…… 수학여행의 조는 정해졌다.

내가 반 전원이 하는 집단행동도 모자라서 조별 행동을 하는 날이 오다니. 세상사 무슨 일이 생길지 정말 알 수 없다.

심지어 솔직히 말하자면 기대 하고 있다.

"에헤헤, 기대된다."

나나미도 나와 같은 기분이라, 즐거움이 두 배가 된 것 같아서 기뻤다. 이게 바로 둘이면 즐거움도 두 배가 된다는 것일까.

만약 그렇다면 혼자가 아니라서 정말 다행이다. 새삼스럽게 그런 생각이 들었다. 아, 물론 그렇다고 혼자 있는 게 나쁘다는 건 아니다.

"그렇게 돼서, 오토후케 씨랑 카모에나이 씨도 괜찮을까?"

"아, 켄부치라면 전혀 문제없어. 미스마이만큼 무해해."

"그렇지, 좀 엉큼하지만 무해하지~."

두 사람도 선뜻 허락해 주었다. 어째서인지 히토시는 그 반응을 보고 쑥스러운 얼굴로 머리에 손을 얹고 있었다.

허락해 준 두 사람에게는 미안하지만, 제법 의외의 반응이었다. 여자친구를 원한다는 말을 입에 달고 살았으니, 틀림없이 히토시를 몹시 경계할 줄 알았는데.

설마 무해 인증까지 받은 상태일 줄은 몰랐다.

"그보다 나나미는 괜찮아?"

"아, 응. 난 괜찮아. 사전에 요신이랑 이야기했으니까."

나나미도 시리시즈와 똑같이 브이 사인을 그려보았다.

나로서는 나나미가 싫어한다면 아쉽지만 포기하자는 생각까지 하고 있었는데, 그녀는 히토시를 초대하는 것을 생각보다 선뜻 허락해 주었다.

『요신의 친구니까 괜찮아. 게다가 뭐, 켄부치니까.』

아무렇지도 않은 얼굴로 말하는 나나미의 모습에서는 남자를 어려워하는 분위기는 조금도 보이지 않았다. 최근에는 조금씩 남자를 꺼리는 것도 극복하고 있는 건가 생각했는데······.

아까 오토후케 일행의 반응을 보니 내가 모르는 사이 반아이들끼리 쌓아온 무언가가 있을지도 모르겠다. 그건 좀 부럽네.

나는 브이 사인을 하는 나나미를 보면서 그때의 일을 잠시 떠올렸다. 그때, 나나미는 히토시의 참여를 허락해 주었고, 그 후에······.

입을 초승달 모양으로 일그러뜨린 채 웃고는······.

마치 곡을 연주하듯 이렇게 말했었다.

『게다가, 질 생각은 없으니까.』

등골이 오싹해지는 그 미소에, 나는 무의식적으로 얼굴

에 미소를 지었다. 그것이 두려움에서 오는 미소인지 환희에서 오는 미소인지는 잘 모르겠지만.

그때 일이 떠오르자 살짝 소름이 돋았다.

예전에 바론 씨가 했던 말이 떠올랐다. 우정과 애정의 우선순위를 착각해서는 안 된다고. 다시 한번 명심해야지.

"이야~ 여자로 가득한 조라니, 너무 좋다."

그런 내 마음도 모르고, 히토시 녀석은 엄청나게 들떠있었다.

하긴 남자 2명에 여자 4명이니, 균형이 맞질 않는다.

나로서는 비교적 편한 얼굴들을 모은 거지만.

"우리 조 여자들은 다들 상대가 있으니, 여자친구를 만들고 싶은 네 관점에서는 절망적인 거 아니야?"

"그런 건 중요하지 않아. 어차피 여자친구는 여행 전에 만들 거니까. 그러니까 그때가 오면 말 좀 잘 맞춰줘!"

엄지를 척, 치켜세우는 히토시.

수학여행은 이제 코앞인데, 정말 그 전에 여친을 만들 수 있을까?

하지만 히토시는 그런 건 신경 쓰지 않는지, 나와 어깨동무를 하더니 아주 작은 목소리로 말했다.

"그러니까, 너도 바라토랑 단둘이 있고 싶을 땐 말해. 내가 어떻게든 자리를 만들어 줄 테니까."

"무슨 수로? 자신 있어?"

"어려운 것도 없지. 아마 나랑 너랑 같은 방이 될 텐데, 잘하면 호텔 방에서 단둘이 지낼 수도 있지 않겠냐? 겸사 겸사 나도 미래의 여친 방에 놀러가고."

"호텔에서……?"

은밀하게 대화하고 있으니, 나도 모르게 몸을 웅크리고 앉았다. 작전 회의 같기도 하고 작당모의 같기도 하고.

마치 악마의 유혹처럼 매혹적인, 희망으로 가득한 낙관 적인 이야기가 오갔다.

그게 생각처럼 될지 의문이지만, 자신감 넘치는 그 모습 을 보니 나도 희망을 품지 않을 수가 없었다.

아까와는 또 다른 두근거림이…….

"저기……."

"?!?!"

"헉?!?!"

어느새 우리와 똑같이 몸을 웅크린 시리시즈와 눈이 마 주쳐서 움찔하고 말았다. 엉덩방아를 찧지 않은 게 그나마 다행이었다.

시리시즈는 졸려 보이는 나른한 눈빛이었다. 무슨 생각 을 하는지는 짐작할 수가 없었다.

"그 이야기, 나도 끼워줘. 타쿠랑 단둘이 있게 됐을 땐 부탁 좀 할게."

작게 손을 들며 부탁하는 시리시즈의 모습에, 나와 히토시는 얼굴을 마주 보고 누가 먼저랄 것 없이 웃었다. 성실한 시리시즈가 그런 말을 한다니.

"괜찮겠어? 다른 반 남자애를 끌어들이는 건 리스크가 큰데?"

"괜찮아. 들키면 불량 학생을 감시하는 역할이라고 변명하면 돼."

"그렇다면 좋아, 거래 성립이다. 반대로 우리가 할 때도 변명을 부탁한다."

작은 목소리로 히토시와 시리시즈의 작전 회의가 시작되었다. 반장인 시리시즈가 같은 편에 붙으니 든든했다.

복장은 좀 화려하게 변했어도 여전히 시리시즈에 대한 선생님들의 신뢰도는 절대적이니까. 최근에는 테시카가를 갱생시킬 수 있지 않을까 하는 방향으로도 기대를 받는 모양이다.

이로써 삼인 동맹이 맺어졌다. 기묘한 유대감이 형성되었다.

"옹기종기 앉아서 뭐 하는 거야? 세 사람 다⋯⋯?"

⋯⋯뭐, 작당모의를 다른 사람들 앞에서 하고 있었으니, 수상할 수밖에.

나나미까지 내 옆에 웅크리고 앉으니 기묘한 무리가 더더욱 기묘해졌다.

"음, 수학여행에 대비한 작전 회의라고나 할까."

"뭐? 재미있겠다. 나도 끼워줘~. 같은 조니까, 이런 건 다 같이 해야지!"

"……빼놓아서 죄송합니다."

"용서해 줄게~."

조금 혼나고 말았다. 하긴, 조의 절반이 웅크리고 앉아 비밀 이야기를 하는 건 좋지 않겠지. 눈에 띄기도 하고.

뭔가 오토후케와 다른 아이들은 다리를 꼬고 의자에 앉은 채, 쓴웃음을 지으면서도 우리, 아니, 나에게 따뜻한 보내고 있었다. 좀 부끄럽네.

분위기를 환기하듯 어색한 기침을 하며 나는 몸을 일으켰다. 나나미는 웅크려 앉은 상태로 나를 올려다보며 씨익 웃고 있었다.

뭔가 아까 작은 목소리로 나눴던 이야기도 전부 다 들킨 기분이었다.

그러면 조도 정해졌으니 수학여행 계획을 세워볼까?

필요한 것도 샀고 수학여행 조도 정해졌으니 이제 남은 것은 수학여행을 떠나는 것뿐이다. 하지만 준비는 아무리 해도 부족하다.

못 챙긴 물건은 없는지, 깜빡하고 사지 못한 물건은 없는지, 불안감이 가시질 않았다.

그래서 오늘은 요신과 함께 마지막으로 짐을 확인하고 있다.

확인하고 있었는데…… 사람의 집중력은 무한하지 않다. 누군가는 방 청소 중에 만화를 읽거나 하는 것처럼 말이다.

그야말로 지금의 우리가, 바로 그 상태였다.

"우와, 잘 어울린다!!"

"그, 그런가……?"

선글라스를 낀 요신이 쑥스러워했다. 내 말을 썩 못 믿는 눈치였다.

그러나 본인은 어울리지 않는다고 생각해도 남들이 볼 때는 굉장히 잘 어울릴 수도 있다.

자신이 어울리지 않는다고 생각하는 건 콤플렉스가 있거나, 위화감이 들거나, 마음에 들지 않는 점이 있기 때문이라고 생각한다.

나는 얼마 전까지만 해도, 갸루가 아닌 얌전한 스타일은 하츠미네 이외에 보여준 적이 없었다. 그러나 얌전한 스타일이 나에게 어울리지 않는다고 생각한 적은 없다.

내 스스로 마음에 들어서 그런 것도 있지만, 주변 사람들이 그 모습을 칭찬하며 긍정했기 때문이다. 어울린다거나 귀엽다는 말을 들으면서 패션에 대해 긍정적인 사고를 갖게 되었다.

안 어울리거나 이상할 때는 완곡하게 말해 준다. 이쪽이 더 잘 어울리는 것 같다거나, 이쪽이 더 자연스럽다거나 하면서.

그래서 나는 패션을 부정당한 기억이 별로 없다. 그저 나쁜 기억은 다 잊어버린 것뿐일지도 모르지만.

그러므로, 나는 요신이 패션에 대해 소극적인 점이 그다지 이해되지 않았다. 개인적으로는 요신에게 잘 어울리기만 한다면 뭐든 괜찮을 것 같다고 생각한다.

처음 요신의 사복을 봤을 때도 이상하다는 생각은 들지 않았다.

요신은 자신의 패션이 그냥 특징 없는 검정 일색이라고 했지만, 내가 보기에는 그건 그거대로 귀여운 느낌이었다. 잘 어울리기도 했고.

하츠미네는 나와 생각이 다른지 살짝 회의적인 반응을

보였지만, 감각과 감성은 사람마다 다르니까. 이해한다.

나는 다른 사람들이 나에게 했던 것처럼, 되도록 긍정적으로 대하고 싶다. 뭐, 너무 이상하면 지적해야겠지만, 요신은 아직 그렇게까지 심각했던 적은 없다.

결국 내 어울린다는 감상은 여지없는 진심이다.

하지만 요신은 이를 순순히 받아들이지 못했다.

"진짜 잘 어울려. 멋있어. 이렇게 된 거, 이 상태로 집합 장소에도 쓰고 가는 거 어때?"

"그건 좀 창피한데……."

선글라스를 쓴 요신이 쑥스럽다는 듯 뺨을 긁적였다.

전에 같이 사러 갔던 선글라스라서 처음 보는 것도 아닌데, 자꾸만 잘 어울린다는 말이 나왔다.

요신은 내심 기뻐하면서도 영 믿으려 하질 않았다.

사귄 지 시간이 좀 지나서 그런지, 이제는 그가 무슨 생각을 하고 있는지 대충은 알 수 있게 되었다.

지금 요신은 '기쁘긴 한데 정말 잘 어울리는 게 맞나?' 하는 상태이다.

이건 고친다고 고칠 수 있는 게 아니라서 뾰족한 수가 없다. 나는 그저 요신을 말로 최대한 칭찬해 주기로 했다.

요신의 자존감이 높아질 수 있게, 최대한 긍정하며 그를 듬뿍 칭찬해 줘야지. 분명 언젠가 그도 솔직하게 받아줄 날이 올 거다.

"정말 잘 어울리는데? 오히려 좋아. 왠지 평소보다 요신이 더 섹시하게 보여."

"섹시하다고? 눈을 가렸을 뿐인데?"

"신기하지? 눈을 가렸을 뿐인데. 나도 한번 써볼까?"

나는 선글라스를 손에 들었다. 나도 선글라스를 쓰는 건 처음이지만, 그렇게까지 부끄럽지는 않았다. 아마, 평소에 귀걸이나 액세서리를 많이 착용해서 위화감이 적은 모양이다. 다시 말해 처음인데도 익숙했다.

아직 요신은 이 익숙함이 부족할 뿐이다.

전에 요신한테 생일선물로 커플링을 받았을 때도 비슷한 이야기가 있었다. 액세서리를 샀는데 자신이 써도 괜찮을지 모르겠다고.

내가 보기엔 안 될 이유가 없는데, 요신이 망설이는 모습이 이상했다.

애초에 커플링은 평소에 서로 끼고 다녀야 의미가 있는 건데도.

그래서 요신의 생일에 다른 액세서리를 선물할 테니까, 이런 치장에 익숙해지라고 했는데…… 이 상태로는 조금 걱정이다.

요신은 그때도 부끄럽다고 했었다. 강요하고 싶지는 않았지만, 착용해 주길 바라는 내 욕심을 이해하기를 바란다.

지금 그의 손가락에는 커플링은 없었다. 뭐, 나도 오늘은 착용하지 않았지만.

"봐봐, 어때?"

"응, 잘 어울려. 귀엽고 멋있고……."

이렇게 다른 사람은 솔직하게 칭찬한다. 그 마음을 역지사지하면 자신감을 가질 수 있을 텐데.

나는 언젠가 요신과 커플 귀걸이를 해보고 싶다.

선글라스 너머로 요신의 귀를 바라보았다. 아직 아무것도 달고 있지 않은 귀. 언젠가 내가 저 귀에 피어싱 구멍을 뚫고 싶다. 내 손으로 직접.

아프지 않게, 내 손으로 구멍을 뚫고, 그의 귀에 내가 직접 고른 커플 귀걸이를…….

……왜인지는 모르겠지만 엄청나게 설렌다! 상상만으로도 정체 모를 쾌감에 등이 오싹한다!

아, 안 돼!

뭔가 굉장히 못된 상상을 한 기분이 들어서, 나는 고개를 흔들어 생각을 털어냈다.

"오오……. 나나미가 쓰니까 확실히 섹시하네. 평소보다 요염한 것 같아."

갑작스러운 칭찬에 나는 정신을 차렸다. 지금은 요신의 귀를 보고 있을 때가 아니다. 그건 다음에 생각하기로 하고…….

나는 쓰고 있던 선글라스를 조금 내린 다음, 일부러 더 귀여운 표정을 지은 채 그를 빤히 바라보았다.

전에 피치에게 배운, 조금 여우 같은 느낌의 포즈다. 어째서 그녀가 그런 포즈를 알고 있는지에 대해서는 물어보지 못했지만.

"에헤헤, 또 요신과 커플인 게 늘어나서 기쁘다."

이번에는 전에 봤던 모델처럼 살짝 포즈를 취해 보았다. 섹시한 화보 포즈였으니 요신에게도 섹시해 보이지 않을까.

넋을 잃고 봐준다면 좋겠는데. 어차피 선글라스를 쓸 거면, 포즈가 어울리게 비키니를 입을 걸 하고 조금 후회했다.

방 안에서 입는 건 좀 어색하지만, 아마 하와이에서는 비키니에 선글라스를 쓸 테니까. 그때는 더 자연스럽지 않을까?

……그냥 지금이라도 갈아입을까?

"그런데 선글라스에도 커플이 있다는 건 몰랐어. 나나미는 알고 있었어?"

"나도 몰랐어. 세트로 맞추니까 기분이 좋더라."

그렇다. 이 선글라스는 커플 세트로 구매한 제품이다.

안경점에서 여러 제품을 보며 고민하고 있으니, 카스미 씨가 커플 세트도 있는데 볼래? 라고 하길래 바로 결정했다.

무난하게 남녀 모두 사용할 수 있는 디자인인데, 그래서 커플 세트로 판매하기 시작한 것일까.

꼭 커플이 아니더라, 부모·자식이나 친구들끼리 사는

사람도 많다고 했다. 그래서 카스미 씨가 그중에 인기 있는 디자인을 추천해 주었다.

요신의 의견은 어떨까 궁금했는데, 그는 딱히 선글라스에 고집이 없어서 그런지 내가 마음에 들면 그걸로 하자고 말해 주었다.

가격도 적당했기에 고민하지 않고 결정.

……도중에 내 안경에 관한 에피소드를 요신에게 들려주게 된 것은 예상 밖의 일이었지만, 무척 의미 있는 쇼핑이었다.

그런 와중, 그가 가져온 것 중 하나가 눈에 들어왔다.

"저기, 요신…… 그럼 저것도 써볼래?"

그렇게 말한 나는 그에게 조금 기대듯이 몸을 밀착시켰다. 몸을 조금 뒤로 젖힌 요신이 선글라스 너머로 내게 시선을 떨어뜨렸다.

선글라스 너머에 있는 그의 눈동자는 보이지 않았지만, 시선은 느껴졌다. 눈은 보이지 않는데 마치 보고 있는 듯한 느낌…….

좀 위험한데. 머리가 빙글빙글 돈다. 좀 이상해질 것 같은 기분이다.

요신은 천천히 뒤로 넘어지더니 그대로 내 침대에 누웠다. 마치 내가 밀어서 넘어뜨린 것 같은 모습이었지만, 아주 상냥하게…… 천천히 했으니까 상관없겠지?

나는 그가 누운 것을 확인하자 마치 무릎베개하는 것처럼 요신의 머리 위치로 이동했다.

다리를 접고 정좌한 채 가까이서 그의 얼굴을 들여다본다.

시선이 느껴졌지만, 선글라스 너머의 시선은 평소와 다른 느낌이라 신선했다.

나는 그 상태로 천천히 그의 얼굴에 있는 선글라스에 손을 가져갔다. 그 다리 부분을 집고 천천히 그의 얼굴에서 빼낸다.

마치 옷을 벗기는 것처럼 부드럽게…… 그의 눈이 드러났다.

선글라스를 벗기는 동작이 마치 성적인 행위라도 되는 것처럼.

의식하니까 새삼 좀 부끄럽다. 뺨이 뜨겁다. 달아오른 뺨을 흥분을 억누르는 심정으로 무시하고 부드러운 손길로 완전히 선글라스를 벗겼다.

평소와 같은 요신의 얼굴에서 당황한 기색이 느껴졌다.

당황한 얼굴을 한 요신에게, 나는 손에 든 걸 내밀었다. 평범한 안경이다.

"아직 조금 위화감이 있어서……."

"잠깐만, 아주 잠깐만이라도 좋으니까……!"

안경을 받은 요신이 망설였다.

나는 두 손을 모아 신에게 빌 듯 부탁했다.

이건 수학여행과는 상관없다. 안경점에 가서 이것저것 직접 써보는 와중 요신이 큰맘 먹고 산 안경이다.

그가 태어나서 처음으로 산 패션 안경이라고 한다. 그런 기념비적인 순간에 내가 함께했다는 사실이 무척 기뻤다.

그 말을 했을 때 수줍어하는 요신의 얼굴은 무척 귀여웠다.

어딘가 간지러운 것 같은, 무언가를 참는 것 같은 표정에…… 그 자리에서 바로 끌어안지 않은 스스로를 칭찬해 주고 싶었다.

게다가 카스미 씨의 세일즈 멘트도 굉장했다.

지금은 마침 두 개를 사면 반값이라고 하면서 요신과 잘 어울릴 것 같은 안경을 찾아 주었다. 좀 둥글둥글하고 스타일리시한 디자인의 안경이었다.

그때 안경을 쓴 모습을 보여주었던 요신을 보고 나도 모르게…… 평소에도 꼭 보여줬으면 좋겠다는 부탁을 해 버렸다.

그것이 결정적인 요인이 되었는지, 요신은 안경을 사기로 결심했다. 내가 생각해도 그때는 너무 들떠 있었던 것 같다. 조금 반성.

"……어때?"

내 부탁을 듣고 안경을 쓴 요신의 뺨이 조금 붉었다. 침대에 누워 있는 상태라서 올려다보는 모습이었는데, 표정이 몹시 색다르게 느껴졌다.

"좋아……! 너무 좋아……!"

무심코 눈가를 꾹 누르고…… 나는 지금 시야에 담긴 모습을 만끽하듯이 음미했다. 두 번째 모습이지만, 안경 쓴 요신이 내 바로 앞에 있어…….

나는 딱히 안경을 쓴 남자가 취향인 건 아니었는데, 정말 좋다.

전에 하츠미네가 그랬다. 안경은 굉장하다고.

어쩌면 두 사람도 오토 오빠와 슈 오빠에게 써달라는 부탁을 했을지도 모른다. 이렇게까지 파괴력이 높을 줄은 생각하지 못했다. 굉장하다, 정말…….

한참을 만끽한 후, 나는 요신의 머리를 가슴 근처에서 끌어안고 그를 쓰다듬었다. 안경에 흠집이 나지 않게 가볍게 안았다.

"안경 쓴 모습 귀여워. 동그란 안경인 것도 좋아, 요신한테 잘 어울려."

"……고마워."

감사 인사는 중요하다. 고맙다는 말을 들으면 또 해 주고 싶어진다. 사람에 따라서는 뭐든지 해 주고 싶은 마음마저 든다.

하지만 보답이 목적이 되면 안 된다. 그렇게 되면 대가가 없었을 때 불만이 생기게 되고, 처음부터 대가를 요구

하는 건 사랑이 아니니까.

그래도 감사 인사를 들으니 기뻤다. 어렵고 모순적이다.

하지만 분명 요신은 비록 쑥스럽더라도 고맙다는 말은 꼭 해 줄 것이다. 상대방에게 자신이 기쁨을 느낀다는 사실을 전하는 것은 좋은 일이었다.

나는 그의 그런 솔직한 부분이 좋았다.

"그거, 하와이에도 가져갈 거야?"

"글쎄? 낮에는 선글라스를 쓸 테니, 안경을 쓸 기회는 거의 없지 않을까? 짐만 될 테니 두고 가는 게 좋을 것 같아."

그가 안경을 벗으려고 하자, 나는 순간적으로 조금 더 보고 싶은 마음에 손으로 누르고 말았다. 혹시 나, 안경 페티시에 눈을 뜬 걸까?

그러면 요신이 아닌 다른 사람이 쓰고 있어도 좋아할까? 그건 아닌가.

"고민된다. 하와이 호텔에서도 안경 쓴 요신을 보고 싶지만, 나 혼자서 독차지하고 싶기도 해."

"그렇게 대단한 게 아닌데 말이지. 나로서는 안경 때문에 이목이 쏠리면 좀 불편할 것 같긴 해."

"멋있어서?"

"눈에 띄어서."

진심으로 말한 건데, 요신은 천천히 안경을 벗어버렸다. 안경을 벗는 몸짓조차 묘하게 멋있어서 조금 복잡한 기분이 들었다.

그렇구나, 안경은 벗을 때의 움직임도 중요하구나.

"자자, 달리 더 필요한 게 없는지 확인해야지."

"으~. 그러게……. 아, 다음 데이트는 안경 쓰고 하자."

"윽, 부끄러운데."

조금 싫은 내색을 보이는 그의 모습에, 나는 그를 올려다보며 졸랐다.

그의 몸에 밀착하고, 얼굴을 조금 위로 향한 채 올려다보며, 눈꼬리는 축 내려 슬픈 표정으로, 두 손은 내 가슴 부근에서 기도하듯 모았다.

"……그런 포즈는 또 어디서 배운 거야?"

"이건 저번에 코토하한테 배웠어."

"……알았어."

"아싸!"

요신에게서 방금까지 울먹이더니 벌써 웃고 있네……라며 놀림을 받았다. 하지만 그 정도로 기뻤으니 어쩔 수 없다.

뭐, 너무 과하게 하면 싫어할 테니까 가끔, 아주 가끔만 사용하자. 코토하도 이건 꼭 필요할 때만 사용한다고 했다.

하긴, 오늘은 언제까지고 이러고 있으면 안 되겠지. 제대로 짐을 다 챙겼는지 확인해야 한다.

여권에 각종 서류, 학생증에 수학여행 안내 책자 등, 필수 품목부터 충전기나 자외선 차단제 같은, 있으면 편의용

품까지…….

선글라스는 편의용품이다. 그 밖에도 필요한 준비물이 많다. 용돈을 받아서 해결하고 있는데, 해외여행은 돈이 많이 드는 게 실감 된다.

"이거, 여러모로 돈이 많이 드네……."

요신도 같은 생각을 했는지 진지한 얼굴로 그렇게 중얼거렸다.

"학교 행사로 가는 걸 감사해야겠네."

"동감이야. 1학년 때는 수학여행을 갈 마음이 아예 없었던 탓인지 더 그런 생각이 들어."

"어, 그랬어?"

갑작스럽게 튀어나온 그의 폭탄 발언에 나는 얼어붙고 말았다. 아니, 도대체 왜? 나는 잠자코 그의 다음 말을 기다렸다.

요신은 뭔가 떠오른 얼굴로 잠시 한숨을 내쉬더니 몸을 크게 뻗었다. 그리고 그대로 다시 상반신을 침대에 쓰러트린다.

나는 그의 옆에, 이번에는 나란히 누웠다. 사이의 틈이 조금 비어 있었는데, 그 공간이 묘하게 간지럽게 느껴졌다.

뭔가 지금은 딱 붙는 건 좀 아닌 것 같아서.

"어차피 가도 혼자서 게임만 했을 것 같아서. 1학년 때 부모님에게 수학여행에 가지 않겠다고 했었거든……."

그런 여행은 재미없을 테니까, 하고 요신은 조금 슬픈 얼굴로 웃었다. 옛날이야기인데 지금도 쓸쓸해 보이는 것은 왜일까.

그는 이어서 당시의 일을 이야기해 주었다.

당시 시노부 씨 일행도 지금의 나처럼 조금 쓸쓸한 얼굴을 하셨다고 한다. 다만 요신은 왜 그런 표정을 지으셨는지는 몰랐다고 한다.

큰 즐거움도 없는데 여행에 많은 돈을 쓰는 것은 아깝다고, 그렇게 말한 모양이다. 하지만 시노부 씨 일행은 그렇게 생각하지 않으셨는지, 이런 말씀을 하셨단다.

『무리하게 강요하진 않겠지만, 마음이 바뀔지도 모르니까 준비는 해 둘게.』

『그래, 맞아. 나중에 가고 싶다는 생각이 들 수도 있으니까.』

그때 요신이 어떤 대답을 했는지는 기억이 나지 않는다고 했다. 아마도 무뚝뚝한 얼굴로 '응'이라고만 대답하지 않았을까.

"……지금은 기대되는 거지?"

조금 걱정이 들긴 했지만, 분명 지금은 다를 것이라고 믿는다. 기대된다고 말하기도 했었고……. 하지만 나는 다시 한번 말로 듣고 싶었다.

요신은 웃으며 "기대돼"라고 대답해 주었다. 그때 아빠와 엄마의 판단이 옳았다며 그리움이 담긴 말투로 중얼거린다.

"정말로…… 부모님께는 감사한 마음뿐이야. 동시에 과거의 스스로가 얼마나 어리석었는지도 이제는 알겠어."

"내가 가고 싶은 계기가 됐다고 생각해도…… 되는 걸까?"

요신이 두 눈을 동그랗게 뜬다. 그 표정은 마치 간단한 문제를 질문하는 아이를 보는 것 같으면서도, 어딘가 귀여운 것을 보는 눈빛이었다.

그가 부드럽게 나를 쓰다듬어 주었다.

"당연하지."

그 한마디에 나는 가슴이 벅차올랐다. 요신의 계기가 되었다는 사실이 무척 기뻤고, 함께 갈 수 있다는 사실에 다시 한번 감사한 마음이 들었다.

"뭐, 나 같은 경우는 그저 허세를 부린 것뿐이지만, 순수하게 가고 싶지 않은 사람도 있겠지. 근데 나나미, 뭐 하는 거야?"

"요신의 부모님께 감사 인사를 드리고 있었어."

"어째서?"

"두 분 덕분에 요신과 함께 수학여행을 갈 수 있게 됐으니까."

시노부 씨 일행이 미리 준비해 주신 덕분에 요신과 함께 갈 수 있다고 생각하자, 가만히 있을 수가 없었다.

물론 딱히 날 위한 것은 아니고, 그저 내가 우연히 요신과 만나게 되면서 그가 수학여행을 가게 된 것뿐이다.

조금 자의식 과잉 같기도 하지만…… 그래도 감사의 말을 하지 않을 수 없었다.

"나도 부모님에게 말씀드릴까. 가고 싶은 이유가 생겼다고."

"어?"

"새삼 말하려니 좀 쑥스럽지만."

더 이상 가만히 있을 수 없었던 나는 우리 사이에 나 있던 작은 빈틈을 뛰어넘어 그에게 안겼다.

그의 몸에 자기 몸을 딱 밀착시켜서 그의 몸의 감촉을 즐겼다. 몸으로 전해지는 열기가 마치 마음의 열기처럼 느껴졌다.

나의 열기도 그에게 전해지고 있을까?

그렇게 생각하니 지금 입고 있는 옷이 방해되는 기분이었다. 직접적으로 피부와 피부를 맞닿게 하면 좀 더 마음이 잘 전달될 것 같은데.

아니, 안 되지, 안 돼. 그건 참아야 한다. 또 생각이 이상한 쪽으로…….

하지만……. 수영복으로 입을 걸 그랬나?

나는 챙겨 둔 짐 사이의 수영복을 바라보았다.

전에 샀던 수영복이다. 이것도 물론 귀엽고 좋지만……

하와이용으로 좀 더 섹시한 걸 사는 편이 좋았을까……?

아니, 너무 과감한 건 수학여행에 쓸 수가 없겠지…….

그를 끌어안은 채 고민하고 있는데, 스마트폰이 울렸다.

나는 천천히 요신에게서 몸을 일으켜 스마트폰을 집었다. 그의 손이 내 몸에 닿아 있어서 그곳만 뜨거웠다.

하지만 나는 스마트폰의 화면을 본 순간…… 펄쩍 튀어 오르고 말았다. 그와 떨어지면서 잃어버린 열기보다 더한 열기가 나를 덮쳤다.

"나나미?"

내 반응을 보고 의아한 표정을 짓는 요신에게 나는 말없이 화면을 보여주었다. 거기에는 시노부 씨에게서 온 답장이 표시되어 있었다.

『수학여행 잘 다녀오렴. 우리도 신혼여행으로 하와이에 갔는데, 이번 여행은 예비 신혼여행이라고 생각하면 되는 걸까?』

그것을 본 요신의 반응은…… 말할 필요도 없었다.

　하와이로 수학여행을 간다. 수학여행이란, 결국 수업의 일환이다. 이건 나나 나나미나 다 아는 사실이다.

　하지만 일은 해석하기에 따라 전부 다른 법이고, 같은 일이라도 사람에 따라서는 전혀 다른 관점을 가질 수 있다.

　그리고 지식이란, 한 번 알면 몰랐던 때로는 돌아갈 수 없는 법이다. 늘 그것이 머릿속을 맴돌게 된다.

　무슨 이야기냐 하면…….

　"바론 씨, 신혼여행으로 어디 가셨어요?"

　『신혼여행? 하와이로 갔었지. 재미있었는데.』

　"아아…… 역시…….”

　『어? 잠깐, 왜 내 신혼여행지를 듣고 절망하는 거야.』

　아니, 여기서 바론 씨가 잘못한 것은 아무것도 없다. 정말 아무것도 없다. 그저 내가 멋대로 절망……은 아니지만, 그와 비슷한 소리를 내 버린 것뿐이다.

　아마 바론 씨도 피치 씨도 내 반응에 놀라고 있을 것이다. 나도 놀라고 있다.

　오랜만에 하는 보이스 채팅 상담이었다. 요즘은 나나미와의 데이트나 시험공부, 학교 행사 등으로 바빠서 이야기할 시간도 없었으니까.

게임은 종종 했었는데. 나는 멀티태스킹을 할 수 있을 정도로 재주가 좋지는 못해서 매번 현실이 우선시 되어버렸다.

이렇게 느긋하게 대화하는 것도 정말 오랜만이다. 바론 씨는 아쉽지만 어쩔 수 없는 일이니, 우선은 제대로 현실 생활을 우선시하라고 말해 주었다.

지금까지 얼마나 학교생활을 소홀히 한 거냐고 걱정을 샀지만, 이건 입이 열 개라도 할 말이 없다.

아무튼 감사한 일이다.

"실은 수학여행으로 하와이에 가게 됐거든요."

『오오! 좋겠다, 학교 행사로 하와이에 가다니. 완전 부럽네. 내가 학생이었을 때도 다른 학교에서 하와이나 오키나와에 간다고 하면 정말 부러웠는데.』

『하와이요? 저는 어렸을 때 가 본 게 마지막이었어요. 가물가물하긴 한데 뭔가 즐거웠던 기억은 남아있어요.』

피치 씨는 가 본 적이 있구나. 바론 씨도 놀란 눈치였다. 혹시 피치 씨는 부잣집 아가씨인 걸까……?

아니, 의외의 정보에 놀라고 있을 때가 아니었다. 나는 마음을 가다듬고 설명을 이어갔다.

"그런데 얼마 전에…… 저희 엄마가 하와이니까 예비 신혼여행이라는 말씀을 하셨어요."

『……부모님께 그런 말을 듣는 건 좀 부끄럽겠네.』

『와아! 예비 신혼여행이라니, 완전 멋있잖아요!』

남성과 여성의 반응이 전혀 다르다. 바론 씨는 나와 비슷한 감상인데, 피치 씨는 순수하게 예비 신혼여행이라는 단어에 환호하는 것 같았다.

나도 전혀 의식하고 있지 않았는데, 조사해 보니 하와이는 신혼여행으로 인기 있는 여행지 순위에서 당당히 1위를 차지하고 있었다.

왜 그걸 진작 눈치채지 못했는가 어이가 없을 정도였다.

물론 하와이라고 해도 넓고 다양한 장소가 있으니까, 일률적으로 하와이가 모두 신혼여행이라고 말할 수는 없겠지만.

그래도 이렇게 두 사람의 사례를 보니 하와이가 신혼여행의 대표 장소라는 게 실감이 들었다.

나나미도 아마 부모님께 물어보지 않았을까.

이제는 수학여행 중에도 매번 신혼여행이라는 키워드가 떠오를 것 같다. 아니, 농담이 아니라 진짜…….

딱히 그것이 나쁘다는 것은 아니다. 아직 그런 일은 일절 하지 않았는데 신혼여행 예행연습이라고 하니까 뭔가 묘하게 두근거리는 느낌이기도 하고.

다만 그렇게 되면 필연적으로 나도 나나미도 더 들뜨게 된다. 들뜬다는 건 즉 그만큼 나도 나나미도 애정 표현을 더 하고 싶어진다는 뜻이었다.

이것은 지극히 자연스러운 욕구가 아닐까. 수학여행이라고 생각했던 것에서 갑자기 예비 신혼여행이라는 말을 들어봐라. 세상의 커플들은 거의 반드시 모두 그렇게 될 것이다.

그렇게 되면 지극히 자연스럽게, 정말 자연스럽게 단둘이 있고 싶은 마음이 들게 된다. 얼마 전에 선생님께 주의를 받은 직후임에도 말이다.

즉, 수학여행 중에 불필요한 방해가 들어올 가능성이 높아진다는 것이다.

그렇게 되면 모처럼 가는 신혼여행이 엉망…… 아니, 수학여행이잖아. 안 돼, 나도 벌써 생각이 잠식당하고 있다.

이게 전부 알아선 안 될 걸 깨달아 버린 탓이다.

"그래서 수학여행을 제대로 즐길 수 있을지 걱정이 돼요."

『오랜만에 부정적인 캐니언 군이 돌아왔군.』

나도 이런 감각은 오랜만이다. 생각이 지나치다는 것은 잘 알고 있지만, 그래도 나도 모르게 그런 걱정이 들고 만다.

여행 분위기에 휩쓸려서 내가 실수해 버리지 않을까.

"요즘도 계속 하와이의 데이트 명소나 신혼여행으로 가기 좋은 장소 같은 것만 검색하고 있어요."

『에이, 그건 좋은 일 아니에요? 둘이 따로 행동하면…….』

"수학여행의 스케줄은 이미 정해져 있어서 그건 어려워."

나는 수학여행 안내 책자를 손에 들고 펼쳐보았다. 그곳에는 여행지 일정이나 준비, 주의 사항 같은 것이 적혀 있다. 매우 중요한 책자였다.

일정에 자유시간이 거의 없다. 사실 해외에서 자유시간을 주고 학생들을 방치하는 건 위험하다.

굳이 꼽자면 체류지에서 자유시간 정도. 충분한 시간을 주긴 하지만 딱히 그곳이 커플끼리 가고 싶은 장소라 묻는다면 절대 아니었다.

당연하다. 수학여행이니까.

"그래서 의욕은 마구 솟는데, 그만큼 걱정도 치솟고 있어요."

『와, 아주 사치스러운 고민이구나.』

뭔가 좋은 방법 없을까? 이러고 있는 지금도, 나도 모르게 하와이의 명소 같은 것을 알아보고 있다.

하와이 여행에서 주의할 점이라든가 경험담까지. 물론 인터넷에도 수학여행을 신혼여행에 비유한 이야기는 없었지만…….

『근데, 그냥 당당하게 즐기면 되는 거 아냐? 좋잖아, 조금 이른 신혼여행. 서로의 사랑도 더 깊어질 거고.』

"그렇긴 한데, 수학여행에서 '여기에 무슨 신혼여행 왔냐?' 싶을 정도로 달라붙어 있는 사람을 보면, 바론 씨라면 뭐라고 하겠어요?"

『눈꼴시다고 생각하겠지. 하지만 신혼여행을 의식하지 않을 방법이 있는 것도 아니잖아? 몰랐을 때로는 돌아갈 수 없을 테니까.』

그것도 그렇다. 지식을 얻게 되면 알기 전으로는 절대 돌아갈 수 없다. 모르는 척은 할 수 있겠지만, 아는 사람이 본다면 알아차릴 것이다.

그런 의미에서, 나는 이제 되돌릴 수 없다.

『어차피 시치미도 기대하고 있지 않아요? 그냥 당당하게 즐기는 게 좋지 않을까요?』

피치 씨도 바론 씨와 비슷한 의견을 내놓았다. 실제로 나도 더는 그 방법밖에 없다고 생각했다.

그냥 이 기분을 누군가에게 털어놓고 싶었을 뿐……

『조 리더는 누가 하는 거야?』

"친구가 해 주기로 했어요. 원래도 반장인데, 이번에는 자기한테 맡기라고 하더라고요."

가서 무엇을 할지에 대해서는 의논해서 결정했지만, 그 것을 제출하거나 자료들을 취합하는 역할을 히토시가 맡았다. 정말로 감사한 일이다.

내가 학교제에서도 열심히 했고 체육제에서도 열심히 했으니까, 이번에는 자기에게 맡겨달라는 이유였다.

'여행 중에는 마음껏 바라토랑 연애를 즐기라고.'

그가 엄지손가락을 들며 한 말이 생각났다. 그러고 보니 신혼여행 운운하는 화제가 나오기 전부터 그런 말을 들었었나.

그런 배려까지 받았는데, 즐기지 않으면 오히려 실례가 아닐까.

"이렇게 된 거, 그냥 되도록 많은 정보를 모아서 최대한 즐겨야겠어요. 혼나게 되면 그때 열심히 사과하고요. 어떻게든 되겠죠."

『오, 좋네. 그런 긍정적인 모습이 캐니언 군이지. 뭐, 고등학생의 범주 안에서 논다면 그렇게 크게 혼나진 않을 거야.』

"예. 그래서 말인데, 여행에 참고하게, 바론 씨가 신혼여행 갔을 때 이야기 좀 들려주시면 안 될까요? 제 부모님한테는 물어보는 건 좀……."

『아, 저도 듣고 싶어요. 대신 저도, 저희 부모님이 하와이에서 했던 것들도 알려드릴게요.』

오오, 피치 씨에게도 꼭 이야기를 듣고 싶다. 이렇게 된 이상 정보를 최대한 많이 조사해서 지식으로서 쌓아두자.

이번 수학여행은 지금부터 수학여행 겸 예비 신혼여행으로 탈바꿈한다. 이번 경험은 언젠가 올지도 모르는 실전에 도움이 될 것이다.

물론, 누군가에게 말하면 웃음거리가 될 것 같으니, 되도록 비밀스럽게 진행할 예정이다.

『……불을 지른 건 나니까, 책임을 져야겠군. 실수한 경험도 같이 알려줄 테니 참고해. 지금도 똑같을지 어떨지는 모르겠지만.』

그렇게 나는 한동안 피치 씨와 함께 바론 씨의 신혼여행 이야기를 들었다. 도중부터 바론 씨도 흥이 올랐는지 부인의 자랑이 섞여 나왔다.

피치 씨의 이야기도 흥미로웠다. 피치 씨는 당시 일을 잘 기억하지 못했지만, 부모님이 과거를 회상하며 이야기를 자주 꺼내서 기억해 버렸다고 한다.

어쩌면 조만간 아빠와 엄마도 당시에 관한 이야기를 나에게 꺼내실지도 모르겠다.

말을 마친 바론 씨는 어딘가 만족스러워 보였다. 나도 나나미에게 이런저런 이야기를 나누는 것이 벌써 기대가 되었다.

마음은 정해졌다. 나머지는 제대로…… 나나미와 즐기는 것뿐이다. 이것으로 정말 준비는 완료라고 할 수 있겠지.

"바론 씨, 피치 씨, 감사합니다. 참고할게요."

『아뇨, 수학여행 즐겁게 보내세요.』

『그래, 그래. 귀한 청춘인데 마음껏 즐기도록 해. 그건 그렇고…… 엄청난 우연이네.』

"우연? 무슨 일 있나요?"

지금 화제에서 우연이 있다고 한다면 하와이에 관한 것

일 텐데……. 혹시 바론 씨도 하와이에 간다던가? 그러면 정말 대단한 우연이다.

시기가 똑같으면 오프라인 모임 같은 느낌으로 만날 수 있으려나? 아니…… 역시 하와이라고 해도 넓으니까 불가능하겠지.

게임에서 친하게 지내는 사람들과는 아직 한 번도 만나본 적이 없기 때문에 언젠가는 만나보고 싶었다.

『우리 아내도 비슷한 시기에 일 때문에 하와이에 간다고 했거든. 나도 같이 가고 싶지, 뭐야. 아…… 쓸쓸해.』

"오, 아내분 쪽이 가시는 건가요? 확실히 엄청난 우연이네요. 전 바론 씨가 하와이에 가시는 건 줄 알았는데."

『아쉽지만 난 어려울 것 같아. 응…… 아니, 설마. 응, 분명 우연이겠지.』

"아내분은 무슨 일을 하세요?"

『학교 선생님이야. 보건 교사 일을 하고 있어.』

그 순간, 내 머릿속에 우리 학교의 명물인 보건 선생님의 얼굴이 떠올랐다. 환호와 함께 양손에 브이 사인을 그리며 나한테 그것을 주었던 선생님이다.

바론 씨도 잠시 말을 잊지 못했다. 왠지 여기서 그 일을 언급하기는 조금 망설임이 들었다.

……아니야, 우연이겠지.

그렇게 결론짓고, 나도 바론 씨도 이 일에 대해서는 더 이상 언급하지 않았다.

그 후에도 나는 바론 씨 일행에게 하와이에 갈 때의 주의 사항 등을 듣고 준비를 진행하게 되었다.

◇ ◇ ◇ ◇ ◇ ◇ ◇ ◇ ◇ ◇

바론 씨 일행과의 이야기가 끝나고 나나미와 통화를 한다. 이 흐름도 꽤 오랜만이다. 얼마 전까지는 이게 내 루틴이었는데.

잠들 때까지 하던 영상 통화로 제법 익숙해졌을 만도 하건만, 이렇게 전화를 걸고 그녀가 받기까지의 틈은 여전히 긴장되었다.

나나미는 보통 전화하면 바로 받는 편인데, 오늘은 평소보다 받는 게 조금 늦는 느낌이다. 다른 사람들은 이 정도가 보통이겠지만.

참고로 잠들 때까지 통화하는 건 빈도를 좀 줄이기로 했다. 이제 어느 정도 만족하기도 했고, 통화가 길어지면 이튿날 생활에 지장이 생긴다는 문제가 있다. 그래서 지금은 휴일 전날에만 하고 있다. 그 이외에는 나나미가 도저히 잠이 오지 않는다고 할 때 가끔.

나는 머리맡에 스마트폰을 두고 자기 때문에, 누워 있어도 바로 받을 수 있다.

『여보세요, 요신. 미안해, 받는 게 좀 늦었지?』

"아니, 괜찮아. 무슨 일 있었어?"

『수영복을 좀 입어보고 있었거든. 지금, 위에는 반쯤 벗은 상태라…….』

"얼른 다시 입어줘. 그 상태로 통화하면 감기 걸리지 않을까?"

『지금부터 목욕할 거니까 괜찮아.』

모처럼 여행을 가는데, 그 전에 감기에 걸리면 농담이 아니다.

왜 수영복을 입었냐고 질문하지는 않았다. 하와이에 가기 전 분명 마지막으로 확인차 입어보고 있었을 것이다. 분명 그럴 것이다.

잠시만 기다리라는 소리와 함께 나나미의 목소리가 멀어졌다.

……멀어졌다?

어? 잠깐만. 왜 소리가 들리는 거지? 보류 버튼을 안 눌렀나? 나는 스마트폰을 얼굴에서 떼고 화면을 바라보다가 눈을 크게 뜨고 말았다.

스마트폰 화면에…… 나나미의 방이 비치고 있었다.

아차, 아무래도 잠들 때까지 통화하던 때의 버릇으로 영상 통화로 걸어버렸다. 완전히 무의식적인 행동이었다. 혹시 잠들 때까지 통화하기에 대해 생각하면서 나도 모르게 걸었나?

아니, 그 생각을 했던 건 전화를 건 뒤의 일이었다.

잠깐, 그런 생각을 하고 있을 때가 아니다. 지금 당장 통화를…… 아, 상관없나? 어차피 나나미의 방 천장만 보이고 그녀의 모습은 보이지 않는데.

이거라면 굳이 지적하는 것보다는…….

『요신, 보여~? 이거 어때?』

"에엑?!"

갑자기 스마트폰 화면이 움직이더니 나나미의 전신이 드러났다. 전에 나이트풀 때 입었던 비키니 차림에 더해 아래는 반바지, 위에는 셔츠를 입은 모습이었다.

셔츠는 앞이 열려 있어서 수영복 윗부분이 노출되어 있다. 아래에 입은 반바지는 허벅지까지 드러난 데님 재질의 반바지였다.

그리고 머리카락은 슈슈로 묶은 채 선글라스를 착용하고 있었다.

『해변이나 수영장에서는 이런 느낌으로 보내지 않을까 싶어서 말이야. 반바지, 엉덩이 보일지도 모르니까 좀 더 긴 걸로 할까?』

나나미는 그 자리에서 휙휙 몸을 돌리더니 엉덩이를 내밀어 화면으로 향한다. 확실히 엉덩이를 내밀자 조금…… 아주 조금…… 보이는 것 같았다.

"……수학여행이니까 좀 더 노출이 적은 편이 좋을 거 같아."

『에헤헤, 역시 그렇지? 참고로 요신은 어떤 스타일의 반바지가 좋아? 좀 더 섹시한 것도 있어.』

그 이상이 있다고?!

지금도 충분히 섹시한데, 대체 어떻게 된 것인가. 그보다 그게 정말 반바지가 맞는 걸까? 그런 과감한 모습을 남들 앞에서 보일 수는…….

"그건…… 다음에 보여줘."

『그래, 다음에 보여줄게.』

욕망에 저항하지 못하고 내뱉은 내 대답에 나나미는 함박웃음을 지으며, 마치 순진한 아이처럼 대답했다. 마치 엄마에게 봐달라고 조르는 여자아이 같았다.

그렇지만 그녀가 보여주려고 하는 것은 반바지……. 차이가 엄청나다.

"아니, 그보다 갑자기 웬 패션쇼야? 엄청 잘 어울리고 귀엽기는 한데……."

선글라스에 잘 어울리는 패션을 확인해 보고 싶었던 걸까? 역시 선글라스는 껴입는 것보다 어느 정도 노출이 있는 이런 얇은 패션이 더 잘 어울리는 것 같다.

『응? 부모님의 신혼여행 얘기를 들으니까, 도저히 가만히 있을 수가 없어서.』

"아, 그렇구나. 두 분도 하와이로 다녀오신 거야?"

『응. 당시에 이런 느낌의 차림으로 해변을 걸으셨다고 하더라고.』

빙글빙글 춤을 추듯 돌 때마다 나나미의 여러 곳이 흔들렸다. 아니, 머리카락과 셔츠의 이야기다.

화려한 무늬의 빨간 반소매 셔츠를 비롯해 대부분 내 기억에 없는 옷이다. 새로 산 걸까?

『이 셔츠도 당시에 엄마가 사셨던 추억의 알로하 셔츠래.』

나나미가 흐뭇한 얼굴로 양손으로 셔츠를 팔랑거리며 살짝 젖혔다. 그럴 때마다 나나미의 피부 노출이 늘어나서 숨겨진 부분이 살짝살짝 엿보였다. 눈에 해롭다. 볼 거지만.

근데 새로 산 게 아니라, 당사자가 현지에서 썼던 물건일 줄은……. 어쩌면 우리 부모님도 비슷한 물건이 있을지도 모른다.

민망해서 물어보지 못하는 나와 그런 걸 물어볼 수 있는 나나미의 모습에서 차이가 느껴졌다. 만약 그런 게 있다면…… 뭔가 정말 신혼 같은 기분이 들 것 같다. 내 지나친 생각일까?

『그래서 말이지……. 이런 것도 있어.』

기쁜 얼굴을 한 나나미가 손에 알로하 셔츠 한 장을 집어 들더니 내게 보여주듯 펼쳤다. 나나미가 입고 있는 알로하 셔츠와 비슷한 디자인이지만, 색상이 파란색이었다.

사이즈가 큰 것을 보아하니 남성용인 듯했다.

『이게 당시 아빠가 입으셨던 셔츠래. 신혼여행 때 입은 걸 따로 지금까지 따로 보관하신 모양이야.』

"당시 옷을 지금까지 잘 갖고 계시는 건 조금 놀랍네. 나는 그렇게 오래된 물건이 있던가?"

아마 거의 없을 거다. 버렸거나 혹은 잃어버렸거나…….
아마 물건에 관한 추억이 별로 없어서 그렇겠지.

나나미와의 추억이 담긴 것들은 아마 계속 남겨두지 않을까.

『그래서 말인데. 요신, 수학여행에서 이거 입어주면 안 될까?』

"내가 입어도 괜찮아?"

『응. 아빠랑 엄마한테 예비 신혼여행이라는 말을 꺼냈더니, 꼭 갖고 가서 입어줬으면 좋겠다고 하셔서.』

아, 그걸 말했어? 나는 덮어놓고 하와이에 대해서만 물어봤을 줄 알았더니만.

하지만 정작 나도 바론 씨에게 털어놓은 참이었다. 그냥 얘기하다가 자연스럽게 나온 건지도 모른다.

그리고 이야기를 흥미롭게 들은 토모코 씨가 자연스럽게 옷을 꺼내는 거지. 장면이 상상이 가네.

"그럼, 감사히 빌릴게."

『와! 그럼 내 짐에 넣어둘게!』

나나미가 기쁜 얼굴로 알로하 셔츠를 잠시 꼭 끌어안았다. 그리고 소중한 물건이라도 다루듯 셔츠를 침대 위에 내려둔다. 자세히 보니 다른 옷들도 여러 가지 놓여 있었다.

근데 잠깐. 방금 잘못 봤나 싶을 만큼 노출이 심한 옷이 보인 것 같은데? 그건 그냥 끈 아니야?

……못 본 걸로 해 두자.

우리 부모님은 과거의 물건 중에 뭔가 갖고 계신 게 있을까?

그런 생각을 했기 때문일까? 갑자기 방문을 노크하는 소리가 들렸다.

"요신, 잠깐 나와볼래?"

엄마다……. 별일이네. 무슨 일이지? 나나미와 대화 중이지만 의아함이 앞섰던 나는 나나미에게 기다려달라고 양해를 구하고 문을 열었다.

"무슨 일이야?"

"그 전에, 아직 나나미 양이랑 대화가 안 끝난 거 같은데, 괜찮아?"

엄마 목소리가 들렸는지 스마트폰에서 나나미 목소리가 들려왔다. 엄마에게 감사 인사를 하는 나나미에게 엄마도 가볍게 화답했다.

엄마에게 모처럼이니까 잠깐 대화할래? 라고 물어보았지만, 우리 시간을 방해하는 건 미안하니 사양하겠다고 하셨다.

나는 나나미와 이야기하러 오신 건 줄 알아서 그런 건데, 아니었나 보다.

엄마의 손에는 웬 옷이 들려있었다. 집에서 본 적이 없으니, 적어도 내 옷은 아닌 것 같았다.

내 시선을 눈치챈 엄마는 내 눈앞에서 옷을 확 펼쳤다.

묘하게 익숙한 디자인…… 즉, 방금까지 나나미와 실컷 구경한 알로하 셔츠였다.

"이건 또 어디서……?"

"엄마가 신혼여행 때 산 알로하 셔츠야. 창고에 있던 건데, 네가 하와이에 간다고 해서 찾아봤어."

이게 무슨 일이람.

내가 말도 없이 빤히 셔츠를 보고 있으니, 엄마가 의아한 듯 날 쳐다보았다.

나는 무심코 찾아온 데자뷔에 웃음이 나오고 말았다. 내가 갑자기 혼자 웃어대자, 엄마는 이상한 놈을 봤다는 표정이 되었다.

아니, 그건 너무 하잖아요! 일단은 당신 아들인데!

"……왜 그렇게 웃어?"

"아, 아니, 그게."

나나미와 방금까지 주고받았던 대화를 엄마에게 설명하자, 엄마는 살짝 놀라시더니 조금 웃으셨다.

다들 생각하는 건 똑같구나. 그렇게 말씀한 엄마는 나에게 알로하 셔츠를 건네주고 방을 나갔다.

지금이 그걸 말할 때가 아닐까.

"엄마."

"왜?"

내 목소리를 듣고 돌아본 엄마에게 나는 바로 말을 잇지 못했다. 새삼스럽게 다시 말하는 것도 뭔가 이상한 느낌이고, 민망했다.

부모님께 감사 인사를 말하는 게 이렇게 긴장되는 일일 줄이야. 그래도, 그럼에도 말하고 싶었던 거니까, 꼭 하고 싶었다.

내 말을 기다리듯이 엄마는 멈춰 서 계셨다.

"나도 수학여행, 가고 싶다고 생각하게 됐어. 고마워."

그 말이 엄마에게 전해지고, 그리고 놀라게 하기에 충분했던 모양이다. 아주 조금 표정이 바뀌는가 싶더니 곧 부드럽게 미소 짓는다.

마치 어깨의 짐을 하나 덜어낸 것 같은, 그런 미소였다.

"그래, 잘됐구나."

대답은 그것뿐이지만, 엄마의 목소리는 무척 기뻐 보였다. 내가 다시 한번 감사의 말을 전하자, 엄마는 아빠한테도 전하라는 말씀을 하셨다.

이, 이걸 한 번 더 하라고……?

부담스럽지만, 그야 아빠께도 말씀드리는 편이 좋겠지.

별수 없이 나는 고개를 끄덕였다.

만족스러운 얼굴을 한 엄마는 발길을 돌리시더니 그대로 가셨다.

다행이다. 제대로 말할 수 있었어.

그대로 묘한 만족감을 느끼며 나는 천천히 방문을 닫았다. 통화는 아직 계속되고 있었는데, 아무래도 나나미에게도 내 목소리가 들린 것 같았다.

나나미는 뭔가 감격한 얼굴이었다.

『다행이다…… 다행이야, 요신…….』

나나미가 울먹이며 말한다. 우와, 아까 엄마한테 한 말이 다 들렸구나. 저쪽에는 안 들릴 줄 알았는데.

나나미에게 수학여행을 갈 생각이 없었다고 가볍게 말하긴 했는데, 설마 이런 큰 반응이 나올 줄은 몰랐다.

부모님과의 대화를 들키는 건 왜 이렇게 부끄러운 걸까.

"……고마워."

나나미는 눈에 눈물을 글썽이면서도 기쁜 얼굴로 웃었다. 이렇게 내 일로 기뻐해 주니, 나쁜 마음은 아니었다. 부끄러운 건 똑같지만.

이 상태로 가면 나 혼자만 어색해질 것 같아서, 화제를 돌리기 위해 나는 나나미에게 엄마에게 빌린 셔츠를 펼쳐 보였다.

내가 받은 건 녹색과 주황색으로, 나나미가 보여준 것과 색만 다른 느낌이었다. 애초에 디자인이 다 비슷한 셔츠다.

"이거, 우리 아빠랑 엄마가 입던 알로하 셔츠래. 괜찮으면 가져가라고. 설마 나나미와 똑같은 일을 겪게 될 줄은 몰랐어."

『와, 그것도 귀엽다. 우리 거랑은 또 느낌이 좀 달라.』

"그러니까 그…… 나도 이거 가져갈 테니까, 같이 입자."

나나미는 기쁜 얼굴로 양손을 모았다. 설마 수학여행 복장이 이런 식으로 정해질 줄은 몰랐는데.

일정은 5일간이니까, 이틀은 정해졌다고 봐도 될까.

『요신네 것도 입어볼 수 있다니 너무 좋아! 우리, 평상복으로 커플룩은 처음 아니야?』

"듣고 보니, 일부러 똑같이 맞춰 입어본 적은 없었지."

『수학여행 중에는 복장이 자유라서 다행이다. 귀여운 옷도 많이 있으니까, 매일 데이트하는 기분일 것 같아.』

그 말을 들으니 나도 절로 기분이 들떴다. 나나미 말처럼, 평상복으로 커플룩은 처음이다.

더구나 알로하 셔츠만으로는 커플룩인지 알 수 없을 테니, 우리 둘만의 비밀…… 아니, 다 알아보려나? 그렇게 이상한 차림은 아니니 상관없겠지. 엄청 화려하게 상대 이름이 적힌 셔츠를 맞춰 입는 것도 아니니까. 꽤 스타일리시하고.

『있지, 요신. 입어봐. 요신의 알로하 셔츠 모습도 보고 싶어.』

"음, 잠시만."

지금 입고 있는 셔츠 위에 알로하 셔츠를 걸치자, 나나미에게서 실망스러운 반응이 돌아왔다.

아니, 왜 한숨을?

『이왕이면 상의를 벗고 입어줬으면 좋았을 텐데…….』

"다 들려."

『들리라고 한 말이야!』

그걸 대놓고 말한다고?

욕망을 숨기지도 않은 말에 놀랐지만, 아무리 그래도 여기서 셔츠를 벗고 입는 건 조금…….

미안하지만 나는 그냥 못 들은 척하기로 했다. 다 들린다고 말해 놓고, 이제 와서.

"그런데, 토모코 씨네는 예비 신혼여행에 대해서는 다른 말씀은 안 하셨어?"

『응. 애초에 부모님도 거의 예상했던 반응이었어. 그래서 이왕이면 정말 그렇게 해보라고…….』

"그래서 알로하 셔츠를 빌려주신 거구나."

『응. 그거 말고도 부모님의 추천 장소 같은 것도 여러 가지로 알려주셨어. 수학여행으로 가기 어려운 곳도 있었지만.』

그야 진짜 신혼여행처럼 다닐 수는 없겠지. 나도 바론

씨한테 듣긴 했는데, 확실히 여긴 좀 어렵지 않을까 싶은 장소들이 많았다.

자유시간이 있다고 해도 범위 내에서의 자유시간이니까. 그래도 들은 정보를 낭비하지 않기 위해서라도 여러모로 더 조사해 둬야지.

"나도 바론 씨 일행과 상담해 봤는데, 차라리 긍정적으로 생각해서 아예 그런 방식으로 즐겨보자는 결론이 나왔어."

『그렇구나, 그렇다면 다행이다. 뭐, 어디까지나 고교생다운 범위에서 신혼여행을 즐겨보자.』

어느새 예비라는 말이 사라졌다. 중요한 건 아니지만…….

예비 신혼여행이라고 부르니까, 단순한 여행이 아니라 마치 약혼자끼리 결혼 전에 가는 혼전 여행처럼 느껴진다.

물론 이런 감상을 나나미에게 말하면 나나미의 흥분과 민망함이 넘칠 테니, 수학여행에서 돌아올 때까지는 비밀로 할 생각이다. 혹은 여행 중에 하거나. 그때는 마음도 좀 안정되어 있겠지.

그나저나 나나미와의 여행이라…….

일단은 둘의 여행이 아니라 수학여행이지만, 그래도 알로하 셔츠를 입어서 그런지 함께 여행을 간다는 실감이 더욱 강해졌다.

너무 기대되어서 소리라도 치고 싶은 기분이었다.

『그러고 보니, 요신에게 상담할 게 있는데.』

"응? 뭔데? 갑자기 진지하게…….."

내 안에서 이상한 충동이 피어오를 것 같은 타이밍에 나나미가 진지한 표정을 짓고 있었다. 상담이라니, 나나미의 상담이라면 들어주지 않을 수 없다.

수학여행에서 뭔가 하고 싶은 거라도 있는 건가? 내가 할 수 있는 일이라면 뭐든지…….

『하와이에서 피부를 햇볕에 좀 태울까, 하는데…… 어떻게 생각해?』

"어……?"

어렴풋이 갈색 피부가 된 나나미의 모습을 상상했다. 상상한 모습이 바로 지금 눈앞에 있는 수영복 차림이지만…….

꽤 잘 어울리지 않을까? 하지만 하얀 피부도 좋은데. 한편으로는 햇볕에 탄 나나미의 섹시한 모습도 보고 싶고…….

느닷없이 튀어나온 새로운 난제에 나는 엄청난 고민에 빠지고 말았다.

◇ ◇ ◇ ◇ ◇ ◇ ◇ ◇ ◇ ◇

사복으로 등교하는 건 보충 수업 이래로 처음이다. 당시에는 나와 시리시즈, 그리고 놀러 온 나나미가 교실에 있었다. 학교인데 사복을 입고 있으니 몹시 어색했었다.

그러나 오늘 등굣길은 사복 차림의 학생과 교복을 입은

학생이 뒤섞여 있었다. 덕분에 교복의 숫자가 확 줄어든 것처럼 느껴졌다.

당연한 말이지만, 사복은 나와 같은 학년인 거고, 교복은 선후배이다.

"겐이치로 씨, 데려다주셔서 감사합니다. 저희 부모님도 잘 부탁한다는 말을 전해달라고 하셨어요."

"신경 쓰지 않아도 돼. 오늘 우연히 휴가를 받은 것뿐이니까. 공항에서 배웅까지 하고 싶었는데, 그건 나나미가 극구 반대해서……."

나는 학생들이 등교하는 모습을 차에서 바라보았다. 처음에는 여행 가방을 끌고 전철을 타고 갈 생각이었는데, 그러면 힘들지 않냐고 겐이치로 씨가 나서주셨다.

참고로 집에 갈 때는 우리 아빠가 데리러 와 주신다고 했다. 아마 부모님끼리 합의가 있었던 모양이다.

"아빠는 눈에 띄니까, 아무리 그래도 그건 좀……."

나나미가 조금 수줍어하면서 그렇게 말했다. 겐이치로 씨에게 미안한 눈치였다.

이런 부분은 나나미도 평범한 또래의 여자아이들과 비슷해 보였다. 겐이치로 씨도 그것을 알고 있으니, 공항까지 배웅하는 것을 단념하신 걸 테고.

"오늘은 운동장에 모이는 거랬나?"

"네, 맞아요. 공항까지는 버스로 간다고 하더라고요."

"좋네. 소풍처럼 버스에 다 같이 타서 이동하면 왠지 두근거리지. 그립네."

겐이치로 씨는 옛날을 그리워하는 표정을 지으셨다. 내가 마지막으로 버스를 타고 소풍 갔던 게 중학교 때였던 거 같은데. 아니, 작년에도 갔던가?

하긴, 버스를 탄다는 것 자체에서 묘한 설렘을 느꼈던 기억이 난다. 행사 자체는 기억이 잘 나지 않지만, 버스에서 흘러가는 경치를 바라보는 것은 즐거웠다.

"그러고 보니 나나미는 멀미 괜찮아?"

"응, 문제없어. 난 뭘 탔을 때도 멀미한 적 없거든."

그건 든든하네. 버스 이동도 즐거운 추억이 될 것 같아서 안심했다. 모처럼의 여행인데 멀미하면 즐거움이 반감될 테니까.

즐겁게 콧노래를 부르는 나나미를 보니 나까지 즐겁다.

오늘의 나나미는 평범한 셔츠와 겉옷, 청바지를 입은 다소 얌전한 옷차림이었다. 청바지의 다리맵시가 조금 돋보이기는 하지만.

여기는 조금 쌀쌀하지만, 하와이는 더울 테니까. 언제든지 벗을 수 있도록 겉옷을 걸친 거겠지. 게다가 오늘은 이동이 많기 때문에, 편하게 움직일 수 있는 옷을 고른 것 같다.

신발도 기능성을 중시한 운동화였다. 오늘은 확실히 이렇게 입는 편이 더 편할 것이다.

나나미만큼 세련되게 차려입진 못했지만, 나도 평범한 청바지에 티셔츠, 운동화 조합으로, 그녀와 비슷한 복장이다.

"드디어 수학여행이네. 뭔가 엄청나게 긴장돼. 몸 전체가 간지러운 것 같은 기분이야. 요신, 내 몸을 좀 눌러줘."

"눌러달라니? 어떻게?"

말 그대로 나나미는 안절부절못하며 몸을 조금씩 움직이고 있었다. 나는 어떻게 해야 하나 고민하다가 나나미의 어깨에 살짝 손을 얹었다.

"앗♡"

겐이치로 씨도 같이 있는데 그런 목소리 내지 마! 봐봐, 운전 중인 겐이치로 씨가 이쪽을 살짝 신경 쓰고 계시잖아. 위험하다고!

무심코 내가 어깨에서 휙 손을 떼자. 나나미는 아까까지 내가 만지던 곳에 자기 손을 얹었다.

몸의 흔들림은 이미 멈춰 있었다.

"미, 미안해, 요신. 설마 거기를 누를 줄은 몰라서……."

"나, 나야말로 미안……."

소리를 지른 나나미에게 마음속으로 그만해 달라고 생각했는데, 아무래도 그 소리의 원인은 나였던 모양이다. 깊이 반성.

아니, 그럼 누르라고 했을 때 어디를 눌러야……? 머리를 만지는 건 괜찮았으려나?

"두 사람 다…… 역시 여행 중에는 적당한 선은 지켜주렴. 슬슬 도착이다."

젠이치로 씨에게 그런 주의를 듣고 나도 나나미도 고개를 아래로 숙였다. 지당한 의견에 아무 소리도 할 수 없었다. 죄송합니다.

나나미도 이번만큼은 어색한 것인지 뭐라고 말해야 할지 망설이는 모습이었다. 젠이치로 씨도 어색해하고 있다.

조금 미묘한 분위기가 되긴 했지만, 무사히 학교에 도착한 우리들은 차에서 짐을 꺼내 집합 장소로 향했다.

"뭐, 사이가 좋은 건 좋은 일이니까. 여행 잘 다녀오렴."

"감사합니다."

"아빠, 고마워."

젠이치로 씨의 배웅을 받고 이동하려는 순간, 젠이치로 씨가 내 어깨를 꾹 눌러오셨다. 나나미는 눈치채지 못하고 조금 앞쪽을 걷고 있다.

아까의 일로 혼내시려는 건가……?! 그렇게 생각했는데, 아니었다. 내가 들은 것, 그것은 순수한 경고의 말이었다.

"요신 군. 나나미의 행동에 조심해다오."

"네? 그게 무슨……?"

"나나미가 여행지에서 지나치게 기분이 들뜨면, 저도 모르게 실수할 수도 있어. 가능하다면 멈춰줬으면 좋겠구나……."

"설마요. 나나미가 그렇게까지는⋯⋯."

"토모코가 그랬단다."

⋯⋯경험담? 실제 경험담인 건가요?

내가 겐이치로 씨의 얼굴을 바라보자, 그가 진지한 표정으로 천천히 고개를 끄덕였다. 그 표정을 보고 나도 천천히 고개를 끄덕였다.

겐이치로 씨가 내 등을 가볍게 두드렸다. 등을 떠밀린 나는 그대로 걸음을 옮겼다. 어깨 너머로 뒤를 보자 겐이치로 씨가 크게 손을 흔들고 있었다.

나는 거기에 화답하고 멈춰 서 있던 나나미를 따라잡았다.

"아빠랑 무슨 얘기 했어?"

"응? 해외로 나가는 거니까, 나나미를 잘 부탁한다고 하셨어."

정말, 정말로 조심해야겠다. 확실히 나나미도 나도 지나치게 기분이 달아오르면 뭘 할지 모른다는 위험성이 있으니까.

수학여행은 즐기겠지만, 그와 동시에 정신은 더 바짝 차려야겠다. 어떻게든 선을 지키는 거야⋯⋯!

다시 한번 그런 결의를 다진 나는, 나나미와 손을 잡고 집합 장소로 향했다. 그곳에는 여행 가방을 손에 든 반 아이들이 이미 모여서 우리들을 향해 손을 흔들고 있었다.

아무래도 반에서 우리가 제일 늦었나보다. 나나미와 여

행 가방을 끌고 가면서, 나는 기분이 점점 고양되는 것을
느꼈다.

버스의 묘미란 무엇일까?

내 생각에는 평소에 타지 않는 이동 수단에 오른다는 것
이 설렘을 더하는 것 같다. 그리고 또 하나는 버스 안에서
도 여행 전의 설렘이 계속 이어진다는 점이다.

이미 여행은 시작되었지만, 왠지 이 버스 안에 있으면
아직 여행 전이라는 느낌이 드는 것은 나뿐일까. 준비 과
정부터가 즐겁다는 이야기와 일맥상통하는 이야기일지도
모른다.

"요신, 과자 먹을래?"

"응, 고마워."

옆에 있던 나나미에게 과자를 받으려고 했는데, 나나미
는 과자를 나에게 건네주지 않고 여전히 자기 손에 들고만
있다. 어? 여기서 하는 거야?

생글생글 미소 짓는 나나미에게 굴복한 나는 잠자코 입
을 열었고, 나나미는 천천히 내 입에 과자를 넣어주었다.

'아~' 하면 티가 날 테니까 조용히 먹었다. 고속버스의
좌석은 일반 버스보다 비교적 깊은 편이니까, 뭘 하는지

주변에서는 잘 보이지 않겠지.

"너희들, 조금은 참을 수 없는 거냐."

흠칫 몸을 떨자, 통로를 사이에 두고 맞은편에 앉아 있던 히토시가 이쪽을 뚫어지게 쳐다보고 있었다. 나나미도 어이없다는 얼굴로 바라보는 그의 모습에 놀라서 나를 붙잡는다.

"너, 아까 카모에나이 씨 옆자리 됐다고 엄청 들떠있지 않았어?"

"물론 그랬지. 아까 과자도 받았어. 카모에나이는 남친이 아닌 사람에게도 정말 상냥하고 최고야."

"보통은 다들 그렇게 하지 않아?"

"아니야. 예를 들면 하츠미는 말이지이…… 남자친구 이외에는 기본적으로 쌀쌀맞잖아? 그게 쿨해서 좋다고들 하긴 하지만 말이야~."

카모에나이가 몸을 내 쪽으로 쭉 뻗었다. 마치 통로 사이에 난 다리 같았다. 힘들지 않나, 저 자세?

오토후케에게 그런 쌀쌀맞은 대응을 받았던 기억이 없었기에 의외의 정보였다. 확실히 좀 날카로운 면도 있지만, 기본적으로는 상냥하다고 생각하는데.

"너희들, 쓸데없는 소리 하지 마라. 애초에 켄부치는 내가 쌀쌀맞게 대해도 기뻐하잖아. 왜 기뻐하는 거야?"

"늘 감사합니다!"

히토시가 경례하자 오토후케는 미간을 찌푸리며 뭔가 말로 형용하기 어려운 표정으로 등을 돌렸다. 이 녀석, 무적인가.

참고로 오토후케와 시리시즈는 우리 앞자리다. 같은 조끼리 뭉쳐 앉은 것은 앞으로의 원활한 활동을 위해서였다. 사람에 따라서는 조와 떨어져 있기도 하니까.

오토후케와 카모에나이의 사복 차림은 자주 봤는데, 히토시와 시리시즈의 사복은 기회가 없었다. 잠깐, 그럼 시리시즈는 보충 수업 때 뭘 입고 왔었지……?

잘 기억나지 않았다. 어쩌면 그때는 교복이었을지도 모른다.

오토후케, 카모에나이는 나나미와 비슷한 반바지 스타일인데, 카모에나이가 노출이 좀 많은 느낌이었다.

시리시즈는 시원해 보이는 원피스 차림이었고 히토시는 반바지에 티셔츠 차림이었다. 다들 교복을 입었을 때와는 인상이 달랐지만, 아주 잘 어울렸다.

다른 조의 여자아이들도 목적지가 하와이라서 그런지 비교적 과감한 복장을 하고 온 아이도 많았다. 이미 좀 쌀쌀한데 다들 노력하고 있구나……라는 감상밖에 떠오르지 않았지만.

히토시는 "얇은 옷은 좋지……"라며 마치 무슨 장인 같은 얼굴로 깊이 고개를 끄덕였다. 다른 남자들도 거기에 동조

하고 있었다.

　얼굴은 나름 좋은 편인데도 여자친구가 생기지 않는 건, 저 입이 문제인 게 아닐까.

　버스로 공항까지 가서 공항에서 여러 가지 수속을 마치고 비행기를 타고 하와이로 출발했다.

　"그러고 보니 왜 수학여행지는 하와이일까?"

　"옛날에 불량아가 많던 시기가 있었는데, 일본에서 난동을 부리던 애들도 해외에 나가면 말이 안 통하니까 얌전해지겠지~ 하고 생각해서 데려갔더니 진짜 얌전해져서, 그 이후로 계속 그게 이어졌다는 이야기를 들은 적이 있어."

　"뭔가 이상한데? 정말 그런 이유라고?"

　"정말인지 아닌지는 나도 모르지."

　근데 히토시는 어떻게 그런 걸 알지?

　수학여행 안내 책자에는 좋은 이야기만 가득 적혀 있었는데, 사실은 그런 이유가 있었다고?

　뭐, 계기란 그런 작은 것일지도 모른다. 훌륭한 이유는 나중에 붙였을 뿐, 사실 시작은 의외로 엉성할 수도 있다.

　결과적으로 해외에 갈 수 있게 됐으니, 우리에겐 좋은 이야기이다.

　"어? 그럼 혹시 우리가 하와이에서 문제를 일으키면, 다시는 하와이에 못 갈 수 있다는 건가? 정말 조심해야겠다."

　"일리가 있네. 그러면 금발 누님 헌팅은 포기해야 하나."

응, 농담이겠지만 그건 그만두자. 수학여행에서 헌팅이라니, 용기가 대단하네. 대체 무슨 수로 현지인을 헌팅할 생각이었던 건가? 말이 통할 자신은 있나?

"……역시 영어 공부를 좀 더 해 둘 걸 그랬나?"

안내 책자를 펼치자 마침 간단한 영어 문장과 하와이의 매너 등 여러 주의점이 적혀 있는 페이지가 나왔다.

역시 국내와는 다르다는 것을 실감한다.

조금은 공부했지만, 그래도 뭐랄까…… 좀 더 많이 해 뒀다면 좋지 않았을까 하는 아쉬움은 지울 수 없었다.

만약에 대비해 스마트폰에 통역 관련 사이트를 저장하고, 앱도 설치했다.

"에이, 요신도 너무 부정적인 생각만 하지 말고 좋은 것도 생각해 봐."

"좋은 거라니?"

"예를 들면…… 그렇지, 현지의 음식 같은 건 어때? 하와이는 맛있는 음식들이 많잖아."

음식이라. 그러고 보니 수학여행 설명할 때도 그런 말이 있었다. 비교적 우리에게 친숙한 음식이 많다고.

본 적 없는 음식이라도 우리 취향과 비슷한 음식이 많다고 한다. 응, 확실히 밥은 중요하지. 식사가 입맛에 맞지 않으면 그것만큼 고역도 없을 테니까.

"다들 각자 먹고 싶은 음식 있어?"

"나는 고기! 고기 먹고 싶어! 큰 스테이크가 맛있다고 하더라."

"나는~ 초콜릿~. 하와이에서만 먹을 수 있는 초콜릿 가게가 있다고 하던데. 거기 엄청 맛있대애~."

"나는…… 갈릭쉬림프를 먹어보고 싶어. 기념품으로 소스를 사 오라고 부탁받았거든."

"나는 포케(Poke). 고기도 좋지만, 해산물 쪽을 더 먹어보고 싶어."

오오, 다들 바라는 게 있었구나. 나는 이번 수학여행에서는 얼마나 먹을 수 있을까? 전부 먹어보고 싶지만, 현실적으로 어렵겠지?

"나나미는 뭘 가장 먹어보고 싶어?"

다들 각자 먹고 싶은 걸 말하는 가운데 나나미만 대답을 내놓지 않았다. 내가 나나미를 물끄러미 바라보자, 그녀가 안내 책자로 입가를 가렸다.

"……다 먹어보고 싶어."

아무래도 어떤 것을 가장 먹고 싶은지 결정하지 못한 모양이었다. 조금 수줍은 얼굴로 눈만 돌려 나를 바라보고 있다.

다른 아이들도 순간적으로 멍한 얼굴을 했지만, 금세 그 사랑스러운 대답에 미소를 짓는다.

우리들이 웃은 것에 발끈한 나나미가 금세 숨기고 있던

얼굴을 드러내며 화를 냈다. 하지만 얼굴이 새빨갛게 되어 있는 탓에 그조차도 사랑스러웠다.

"정말~! 어쩔 수 없잖아! 햄버거 같은 것도 먹고 싶고, 로코모코 같은 것도 맛있을 것 같고, 팬케이크나 말라사다 나 아사이볼이나……."

나나미의 입에서 차례차례 음식 이름들이 나왔고, 다른 아이들 역시 이름을 듣자, 그것도 먹어보고 싶다며 입을 모았다. 어쩌다 보니 다른 아이들도 먹고 싶은 것이 하나 둘 늘어나고 있었다.

아는 요리부터 모르는 요리까지. 현지 음식은 명실상부 여행의 즐거움 중 하나다.

"나나미는 욕심쟁이네."

"몰라! 나도! 어쩔 수 없잖아! 엄마한테 물어보니 다 맛 있어 보였단 말이야. 게다가……."

"게다가?"

"엄마가 전부 아빠랑 같이 먹었던 추억의 음식이라고 하 잖아……."

자신도 같은 음식을 먹으면서 요신과 추억을 만들고 싶 었다……라고, 나나미는 말을 이었다. 그녀치고는 드물게 욕심을 부린다고 생각했는데, 그런 속마음이 숨겨져 있었 을 줄이야.

부끄러운 마음이 들었다. 나나미 나름대로 나와 함께 하와이를 즐기는 방법을 생각한 거였다.

나도 나나미와 어떻게 지낼지 생각했지만, 부모님의 추억을 더듬는 방식은 생각하지 못했다.

"좋아, 나나미. 전부 다 먹자."

"물리적으로 불가능하잖아."

스스로 감탄이 나올 정도로 훌륭한 결정을 내린 나에게 반 전체에서 태클이 날아왔다.

"아마 말라사다는 이틀째 가는 곳 근처에 가게가 있었을 거야. 팬케이크와 아사이볼은 호텔에 있었고, 포케는…… 좀 어려우려나."

과거의 기억을 더듬듯이 나는 수학여행 중에 먹을 만한 음식들을 입에 담아 나갔다. 이럴 줄 알았으면 스마트폰에 메모해 두는 건데.

아마 수학여행 일정을 생각하면 전부는 무리여도 어느 정도는 가능할 것이다. 못 먹을 것 같은 음식들은 어떻게 하지.

자유시간에 마켓에 가면 팔고 있을까?

"요신, 그렇게나 많이 조사했어?"

"안내 책자를 구경하고 있으니 문득 궁금해져서. 이럴 줄 알았으면 확실하게 조사했을 텐데."

바론 씨 일행에게 추천받은 가게는 메모해 뒀지만, 이야기가 이런 식으로 나올 줄은 나도 몰랐다. 알았으면 준비할 때 더 구체적으로 얘기했을 텐데.

안내 책자에는 대략적인 시간표와 일정이 적혀 있었기 때문에, 그걸 기준으로 어느 장소에서 뭘 할지는 이미 상의했다.

"그래도 정말 꼼꼼히 조사했네. 나는 그렇게까지 안내 책자를 꼼꼼히 살펴보진 않았는데."

"나도 처음부터 그럴 생각이었던 건 아니었어. 여기에 4박 6일이라고 쓰여있길래, 1박은 어디 갔나 해서 읽어보던 거니까."

"아, 그건 나도 이상하더라. 하루는 아예 철야인가 생각했거든."

나도 처음에는 철야인 줄 알았다.

일정표를 보면, 수학여행이라서 그런지 생각보다 자유시간이 적다. 나는 하루 정도는 통째로 자유시간을 주지 않을까 생각했는데.

엄연한 수업의 일환이니까 당연한 일이지만, 개인적으로는 자유를 좀 더 줬으면 좋겠다.

그래도 호텔 수영장 같은 시설을 이용할 시간은 준다. 해변에도 갈 수 있을지 모른다. 특히 근처 해변은 호텔에 딸린 프라이빗 비치이므로 비교적 안전하다고 나와 있었다. 잘하면 나나미랑 같이 갈 수 있을지도 모른다.

바다와 수영장. 양쪽 다 기대된다.

"그래서? 요신은 뭘 먹고 싶어?"

"어? 나?"

"그래, 우리한테는 물어봐 놓고 본인만 대답하지 않았잖아."

어어…… 그러고 보니 여러 가지를 조사하면서도 자신이 뭘 먹고 싶은지는 생각하지 않았다.

그냥 맛있어 보인다든가, 나나미가 좋아할 것 같다든가 하고 생각하는 게 고작이었다. 정작 가서 먹어야지, 라는 발상은 없었다.

내가 열심히 고민하는데 그 옆에서 나나미가 흥미진진한 눈빛으로 나를 바라보고 있었다. 이렇게 관심 가득한 눈빛을 할 수도 있었구나.

나나미는 다 먹고 싶다고 말했는데, 정작 나는 뭘 먹고 싶은 걸까.

"으음, 외식은 일단 나나미랑 같이 먹는 게 제일 중요한데……."

무심코 중얼거린 말에 주위가 갑자기 조용해졌다. 나나미의 얼굴은 빨개지고, 주위 아이들은 히죽거리며 웃고 있었다. 놀리는 듯한 그 미소에 나나미의 볼이 점점 더 붉어졌다.

근데 정말 밖에서 먹을 때는 뭘 먹느냐보다 누구랑 먹느냐가 더 중요하지 않을까? 누군가와 함께 먹는다면 저렴

한 음식이라도 맛있게 느껴지니까.

나도 모르게 나온 말이었지만, 꽤 설득력이 있는 말이라는 생각이 들었다. 그런 관점에서 보면 내가 먹고 싶은 것도 저절로 드러나지 않을까.

나는 나나미가 먹었을 때 리액션이 가장 귀여운 음식이 무엇일까가 가장 궁금했다.

맛있는 것을 먹고 함박웃음을 짓는 나나미. 그것이 무엇보다 사랑스럽다. 맛있게 먹는 여자아이는 귀여우니까.

즉…….

"굳이 말하자면 팬케이크?"

"와아. 요신이 단 음식을 첫 번째로 고르다니, 별일이네."

"그걸 나나미가 가장 맛있게 먹을 것 같아서. 다른 맛을 주문해서 나눠 먹기도 좋고."

"아, 역시 내가 기준이었구나."

진지하게 고민해 떠올린 대답이었지만, 나나미는 조금 민망하다는 얼굴로 쓴웃음을 짓고 있었다.

나나미를 기준으로 삼긴 했지만, 팬케이크는 순수하게 나도 먹어보고 싶은 음식이었다. 일본에서는 거의 먹은 적이 없기도 하고, 애초에 핫케이크와의 차이도 잘 모르겠다.

응, 나나미와 같이 먹는다는 생각이 메인이었는데, 지금은 순수하게 기대가 되기 시작했다.

"뭐랄까, 미스마이는 이제 완전히 '나나미 지상주의' 같은 느낌이 돼 버렸네. 아, 정말~! 나도 남친이랑 하와이 가고 싶어졌어~!"

"나도~. 왜 수학여행에는 남친을 데려가면 안 되는 거야~?"

"그건 당연히 수학여행이니까 그렇지, 이 연애 바보들아."

오토후케와 카모에나이가 각각 수학여행에 대한 불만점을 토로했지만, 히토시에게 연애 바보라는 지적을 받고 뺨을 부풀렸다.

연애 바보라…… 반박할 말이 없다.

"어휴, 하여간. 이 조에서 혼자인 건 나랑 반장뿐인…… 아니, 잠깐. 설마 반장도……?"

그때까지 조용하던 시리시즈는 히토시의 날카로운 눈빛에 흠칫 몸을 떨었다. 맞아, 그 사람도 똑같아.

테시카가와 함께 행동하고 싶어서 말 맞추기 동맹을 맺었으니까. 히토시도 그것을 떠올렸는지 "고독하군……" 하고 슬픈 얼굴로 중얼거렸다.

하지만 그렇다 해도 하와이 현지에서는 조별 행동이 기본이니까, 어떻게 해도 다른 조와 함께 행동하기는 쉽지 않을 것이다. 그 점에서 시리시즈는 괜찮을까?

아니, 그 전에…….

"테시카가도 일단 수학여행, 오긴 했지?"

"응, 타쿠도 왔어."

다행이다. 무사히 참가했구나. 다양하게 상담을 받아주고 있으니, 예상은 했다.

들자니 문화제 일 때문에 학급 내에서 인상도 좀 바뀌었다고 한다.

반은 다르지만, 함께 즐길 수 있으면 좋겠다.

"어디서 합류할 예정이야?"

음, 낮에는 이래저래 어려울 것 같으니까, 저녁에 호텔에서 만나려고. 조별 행동을 할 때는 서로 사진을 찍어서 주고받기로 했어……."

뭔가 그건 그거대로 즐거울 것 같았다. 각자 따로 움직이니까 서로 사진을 보내서 근황을 보고한다거나.

테시카가와 떨어져 있음에도 행복한 얼굴을 하는 시리시즈의 모습에, 주변 모두가 따뜻한 표정을 짓고 있었다.

이런 것도 나쁘지 않네. 다 같이 버스에서 시끌벅적하게 수다를 떨며, 여행지에 대한 기대감을 높이는 것. 처음부터 끝까지 음식 이야기만 하고 끝났지만…….

그건 그렇고 먹고 싶은 음식이 의외로 잘 안 떠오르네. 평소 나나미가 해 주는 요리라면 바로 떠오를 텐데.

응? 나나미의 요리?

"아니 잠깐만, 혹시 여행 중에는 나나미의 요리는 못 먹는 거야?"

"그야 당연하지, 수학여행이니까."

"어, 지금 눈치챘어?"

그 목소리는 누구였을까. 당황한 얼굴의 나나미일까, 아니면 오토후케 일행일까, 아니면 히토시에게서 들려온 것일까.

진짜로……? 아니, 진짜로? 그런 생각까지는 전혀 하지 못했다. 생각보다 더 들떠 있었던 것인지, 아니면 생각을 아예 안 하려고 했던 것인지.

그래, 호텔이니까. 요리 같은 건 절대 할 수 없겠지. 어라, 혹시 조리 실습 같은 건…… 수학여행에 있을 리가 없지.

"여친 요리를 못 먹는다고 절망하는 고등학생은 너밖에 없을걸."

히토시마저 어이없다는 표정이었다. 반박할 수가 없다. 나나미는 쓴웃음을 짓고 있고, 오토후케 일행은 입을 떡 벌리고 있다.

그렇구나. 4박 6일 동안 나나미의 요리는 못 먹는구나.

"수학여행…… 중지되진 않겠지……."

"이제 와서 무슨 소릴 하는 거야?!"

물론 농담이었지만, 그 정도의 절망감을 느끼고 말았다. 그야 나나미의 요리가 없는 거니까.

비슷한 상황은 이전에도 있었는데 그때는 1박 2일이라서 참을 수 있었다. 그리고 어쨌든 밖에서 고기를 구워 먹는 거라서 집에서 만든 요리와 비슷한 느낌이었고.

이번에는 그때의 2배가 넘는 기간……. 내가 과연 견딜 수 있을까? 아니, 이러지 말자. 여기서 무너지지 말고 기분을 전환하자.

모처럼 가는 즐거운 여행이니 어두운 마음을 끌고 가진 말아야지. 그렇게 되면 모두에게도 실례다.

일단 두 뺨을 짝 내려치며 기분을 전환했다. 평소에는 이런 일을 하지 않아서 가볍게 했음에도 뺨이 따끔거렸다.

갑작스러운 내 기행에 다들 깜짝 놀랐지만, 덕분에 기분은 한결 나아졌다.

"반대로 생각하자. 수학여행 이후의 즐거움이 늘어난 거라고."

반강제로 긍정적으로 생각하기로 했다. 그래, 공복은 최고의 향신료라고 하니까, 오랜만에 먹는 나나미 요리는 분명 엄청 맛있겠지.

"아이, 정말! 요신, 못 말려!"

새빨개진 나나미가 미간을 찌푸리며 나를 가볍게 때려 왔다. 전혀 아프지도 않고, 오히려 편안함마저 느껴지는 충격이었다.

나나미도 진심으로 화내는 건 아니겠지? 내가 손을 모아 사과하는 자세를 취하자, 그녀는 조금 기쁜 얼굴로 웃어 주었다.

◇ ◇ ◇ ◇ ◇ ◇ ◇ ◇ ◇ ◇

 비행기 좌석은 내가 상상했던 것보다 더 쾌적했다. 사전에 알아본 바로는 좁고 답답하다고 들었는데, 생각했던 것보다 그렇게 답답하지는 않았다.

 공항에 무사히 도착한 뒤 공항의 어느 공간 안에서 마지막 설명회를 가졌다. 잊은 물건이 없는지 확인하고, 수하물 검사도 받고 여유롭게 비행기에 탈 수 있었다.

 매년 마지막 확인에서 여러 가지 문제가 나온다는 이유로 시간을 꽤 여유 있게 두는 것 같은데, 이번에도 아니나 다를까 문제가 발생한 모양이다.

 여권을 잊었다든가, 필요한 신청을 해 두지 않았다거나. 과거에는 그런 이유로 수학여행을 가지 못한 사람도 있었다고 한다.

 공항에 갈 수 없다는 사실이 뒤늦게 밝혀지면 얼마나 절망스러울까. 분명, 아까 내가 느낀 절망감은 귀여운 수준이겠지.

 남은 것은 여기서 계속 이 비행기를 타고 목적지를 향해 나아가는 것뿐. 아마 시간상으로는 약 8시간? 7시간 30분이었던 것으로 기억한다.

 하지만 뭐, 그 정도로 시간이 길면 소요 시간에 큰 차이는 없을 것이다. 거의 학교에 있는 시간과 비슷하거나 그 이상의 시간 동안 이동 수단을 타고 있는 셈이었다.

미지의 체험이었지만, 나는 그 시간을 견딜 자신이 있었다. 아마 지금이라면 누구보다 있을 것이다.

왜냐하면…….

"오늘 출발해서 오늘 도착한다는 게 너무 신기해……."

"시차가 있으니까. 날짜상으로 도착하는 건 오늘 아침이야."

"어쩐지 시간여행을 가는 기분이야. 약간 공상과학 같아."

"아, 뭔가 좋다. 공상과학 영화 보고 싶어. 귀국하면 데이트 때 보러 갈래?"

SF 장르 영화라. 그러고 보니 나나미랑 데이트하면 영화는 대체로 액션 장르나 로맨스물이 많았다. SF 장르는 아직 본 적이 없다.

그래, 내 옆에는 지금 나나미가 있다.

그녀는 나와 마찬가지로 수하물을 두고 좌석의 편안함을 확인하고 있었다. 등받이를 살짝 뒤로 젖혀보기도 하고 안전띠의 느낌을 확인하기도 하면서.

"나나미, 창가가 아니어도 정말 괜찮아? 바꿔줄까?"

"괜찮아. 밖을 보고 싶으면 요신이랑 보면 되니까."

"그렇다면 상관없지만, 어떻게 보려고?"

"응? 이렇게~."

안전띠를 푼 나나미가 내 몸을 넘어서서 창문에 얼굴을

가져갔다. 당연하지만 내 위를 나나미의 몸이 쑥 지나가서 매우 바람직하지 못한 구도가 완성되었다.

이건…… 쉽게 할 수 없는 자세가 아닐까. 내가 앉아 있고, 나나미가 그곳을 가로지르듯이 지나가서 닿을 듯 말 듯 한 아슬아슬함이 느껴진다.

나나미는 곧바로 자신의 자리로 돌아갔지만, 아까의 아슬아슬함을 눈치챈 것인지 아닌지, "봐봐, 괜찮지?" 하면서 해맑게 웃고 있다.

"그래도 다행이다, 같이 앉게 돼서."

"그러게. 양보해 준 모두한테 감사해야지."

나는 비행기의 좌석이 미리 다 정해져 있는 줄 알았는데, 알고 보니 단체 예약이라서 배부받은 항공권에 따라 자리에 가서 앉으면 되는 방식이었다. 그래서 원하는 자리가 되지 못한 사람은 서로서로 표를 교환하기도 했다. 창가가 좋다거나, 누구와 함께 있고 싶다거나, 그런 이유로.

나도 그렇게 자리를 옮겼다. 사실 상대가 내게 먼저 말을 걸어왔다. 이왕이면 나나미 옆이 좋지 않겠냐면서.

정말 고마웠다. 고마웠는데…… 말을 걸어왔던 사람은 다른 반 학생이었다. 참고로 여자아이다.

알고는 있었지만, 내 소문이 다른 반에서도 돌 정도라는 이야기였다. 조금 복잡한 기분이 되었다.

물론 따지자면 모두 자업자득이다. 우리는 학교제와 체

육제에서 소문이 날 법한 짓을 저질렀으니까. 그래도 막상 현실을 마주하자 조금 숨고 싶은 기분이었다.

그래도 덕분에 나나미와 함께 앉을 수 있었다. 이것만으로도 아까의 쓰라린 현실을 금세 잊을 수 있었다. 기분의 덮어쓰기다.

참고로 오토후케 일행은 딱히 옆자리에 누가 앉더라도 상관이 없는지, 흩어져 앉았다.

시리시즈는 예상대로 테시카가의 옆자리에 앉았다. 보통 불량 학생의 감시는 각 반의 반장이 맡지만, 시리시즈는 반이 다른 테시카가의 감시를 자처했다.

상대 반 반장이 안심하는 눈치인 걸 봐서는, 아직 반에 테시카가를 무서워하는 분위기가 남아있는 모양이었다.

서서히 받아들여지고 있다는 이야기는 들었는데, 완전히 적응하려면 아직 시간이 더 걸릴 모양이다. 하지만 나보다 더 압도적인 속도로 적응해 가는 느낌이었다. 청춘이구나.

"왜 그래, 요신? 아, 추우면 내가 따뜻하게 해 줄까?"

"담요를 주는 게 아니라 나나미가 따뜻하게 해주는 거야……? 그런데 추워서 그런 건 아니고, 그냥, 다들 즐거워 보여서."

힐끔 보니 히토시는 뭔가 여자애들에게 둘러싸인 채 아주 흐뭇한 표정을 짓고 있었다. 좌석 주변이 우연히 다 여자애들로만 배치된 듯했다. 나는 여자애들이 싫어할 줄 알았는데, 그렇지도 않은 모양이었다. 뭐, 하긴. 히토시는 잘생긴 편이니까.

"모두 다 탔고, 출발 전의 문제도 없었고. 무사히 출발할 수 있을 것 같네."

"그러게. 선생님들 쪽에서 좀 문제가 있었던 것 같지만."

마침 우리가 검사받는 사이에 선생님들 쪽이 더 소란스러웠다. 아무래도 선생님 중 한 명의 신청이 약간 잘못됐던 모양이었다.

그래서 그 선생님 한 명만 못 가는 거냐면서 좀 시끄러웠는데, 우리 담임 선생님과 보건 선생님이 뭔가 조언을 해 주셔서 무사히 일이 해결된 것 같았다.

들어보니 여권번호를 잘못 기재해서 신청했는데, 나나미가 아까 말했던 시차 덕분에 곧바로 재신청해서 해결했다고 한다.

그런 일도 있구나. 문제가 생겼을 때 참고가 될 것 같다. 기억해 두자.

어? 어떻게 아냐고? 아까 담임 선생님이 알려주셨다.

『그 선생님이 너희들의 문제를 가장 우려하셨던 분인데, 결과적으로 우리가 빚을 달았으니, 여행 중에는 크게 신경 쓸 필요 없을 거야.』

아까 우리에게 살짝 다가오셔서 혼잣말이라고 하면서

일부러 알려주셨다. 문제를 일으켰던 선생님은 보건 선생님과 우리 담임 선생님께 눈물까지 글썽이며 감사 인사를 했다는 모양이다.

보건 선생님이 우리 쪽을 바라보며 윙크하셨고, 담임 선생님은 작게 보이지 않도록 브이 사인을 보내주셨다.

나도 나나미도 고개 숙여 감사 인사를 전했다. 특정한 학생을 편애할 수도 없는 입장인데, 이렇게까지 해 주는 것은 정말 고마운 일이다.

하지만 이걸로 적어도 여행 중의 불안 요소는 완전히 사라진 셈이다. 나나미와 마음껏 여행을 즐길 수 있었다.

"선생님들께도 감사 인사를 드려야겠다."

"보답할 거면 성적으로 보답해라. 다음 시험도 기대하고 있을게~."

"윽?!"

마지막 순찰인지 마침 우리 근처를 지나가던 선생님이 내 혼잣말을 듣고 말았다. 게다가 성적으로 보답하라니.

"공부 더 열심히 해야겠네♪ 나나미 선생님의 개인 수업을 늘려줄게~."

놀리는 것처럼 미소 지으며 나나미가 내 얼굴을 들여다보았다. 선생님도 재미있다는 얼굴로 힘내라, 하고 미묘하게 힘없는 응원을 보내셨다.

내 얼굴을 보던 나나미가 작은 목소리로 귓속말했다.

"열심히 하면…… 보상도 줄게……."

그리고 나의 가슴 언저리를 검지로 빙글빙글 만지더니, 내게서 휙 멀어진다. 너무 순간적으로 벌어진 일이라 나밖에 모르겠지만, 그래도 확실히 벌어진 일이다.

아직 가슴 언저리에 나나미의 손가락에 눌린 감촉이 남아 있으니까.

"열심히 할게."

부끄러움 때문에 이상한 미소가 나오고 말았다. 그런 내가 우스운지, 아니면 열심히 하겠다고 한 말이 기쁜지, 나나미는 즐거운 듯 입가에 호선을 그렸다.

그리고 얼마 후 비행기 엔진음이 울렸다. 거기에 맞춰 객실 승무원이 짐의 상태를 확인하고 있었다.

위의 큰 짐칸이 닫히고 안내방송이 나왔다.

비행기가 움직이기 시작했다.

"드디어……."

"왠지 두근거려. 나도 첫 비행이라……."

나도 나나미도 긴장해서 그런지 말이 없어졌다. 하늘을 난다. 이 쇳덩어리가 하늘을 날 수 있다니. 좀 옛날 사람 같은 감상이 나왔다.

이윽고 정말 난다는 실감이 들기 시작했다.

비행기가 개발되면서 사람은 장거리를 더욱 빠르게 이동할 수 있게 됐다. 하지만 그만큼 비행기 사고가 일어났을 때의 피해는 막대하다.

왠지 사고를 의식하니까 조금 무서워졌다. 하와이에 대해서 이런저런 조사를 했을 때 나도 모르게 비행기 사고에 대해서도 함께 조사했었다.

지금 생각하니 왜 그런 쓸데없는 것을 조사했나 싶어 스스로를 질책하고 싶은 마음이었다. 몰랐으면 무서워할 필요도 없었을 텐데.

그 비참함과 규모가 비교할 수 없을 정도로 달라서 절대로 겪고 싶지 않았다. 사고 확률은 낮다고 하지만, 낮을 뿐 제로는 아니다.

나도 모르게 발로 바닥을 몇 번 밟아보았다.

하늘을 나는 와중에 이 바닥이 떨어져서 그대로 곤두박질치는 일은 안 생기겠지? 무슨 몰래카메라처럼. 아니면 밖으로 튕겨 나간다거나…….

비행기 창문이 부서져서 바깥으로 날아갔다는 사람의 이야기가 떠올랐다. 안 돼, 안 돼, 이상한 생각하지 마. 진정해.

그러나 인간은 생각하지 않으려 하면 오히려 더 강하게 생각하는 경향이 있다. 내가 높은 곳을 어려워하는 것과도 관련되어 있을지도 모른다.

비행기가 진동하고, 강한 힘을 느낀 순간, 내 손에 나나미의 손이 닿았다.

"괜찮아, 괜찮아."

옆을 보니, 나나미는 조금 무서워하면서도 나에게 미소 짓고 있었다. 아마 나나미도 처음 타는 비행기라서 무서울 텐데, 그럼에도 나를 신경 써주고 있었다.

한심함과 나나미의 다정함을 느낀 나는 그녀의 손을 꼭 잡았다.

"요신, 괜찮아? 높은 곳 무서워하니까 나보다 무서울 것 같아서."

"아니, 괜찮아. 정말 괜찮아."

나나미도 역시 무서웠구나. 나는 꼭 쥔 손에서 조금만 힘을 빼고, 나나미를 안심시키듯 그 손을 감싸 쥐었다.

전에는 한심한 모습을 보여줬으니까…… 여기서는 반대로 나나미를 안심시켜 주고 싶었다.

나나미도 잡고 있는 손에 꾹 힘을 주었다. 손의 열기를 교환하는 것처럼 우리는 그저 잡은 손을 서로 꼭 옭아맸다.

다시 말해 손깍지다. 너무 대놓고 남에게 보이긴 좀 부끄러워서 좌석 뒤에 숨긴 채 몰래 잡고 있지만.

비행기 소리가 더 강해질수록 몸에 가해지는 부담도 그만큼 더 커지는 기분이었다. 나는 나나미를 안심시키기 위해 웃었고, 그녀도 안심한 얼굴로 웃어 보였다.

괜찮아, 괜찮아…….

그리고 몸에 직접적으로 울리는 무겁고 낮은 진동음이

들렸다. 본격적으로 달리기 시작한 비행기는 순식간에 일시적인 부유감을 우리 몸에 안겨주었다.

"오, 지금 떠오른 건가……?"

"그런 것 같아, 봐. 지면에서 멀어지고 있어."

창문을 통해 밖을 보니 경치가 비스듬히 기울어져 있었다. 아주 조금 무섭긴 하지만, 호기심에 진 나는 창문에 얼굴을 가져갔다.

그리고 창문으로 지상의 경치를 바라보았다.

"우와, 굉장하다……."

시야에 이제껏 본 적 없는 광경이 펼쳐졌다. 멀어져가는 땅과 작아지는 건물. 희미하게 움직이는 차들과 바로 옆까지 다가온 흰 구름.

지금도 엄청난 기세로 멀어져 가는 땅이 마치 비현실적인 풍경처럼 느껴졌다.

"요신, 밖을 봐도 괜찮아? 무서워할 줄 알았는데."

"……어? 그러고 보니 멀쩡하네?"

"에이, 뭐야, 나한테 안기면 다시 한번 위로해 주고 싶었는데……."

아니아니아니, 비행기 안에서 그러는 건 아무리 그래도 좀 그렇지……. 다른 애들도 다 있는데.

더구나 신기하게도, 나는 아무렇지도 않았다. 혹시 지상과 너무 멀어서 도리어 무섭지 않은 걸까?

아무래도 비행 중에 고소공포증은 걱정은 할 필요 없는 것 같다.

"나나미는 괜찮아?"

"앗, 나는 아직 살짝 무서우니까, 좀 더 손을 잡아줬으면 좋겠어!"

"……얼마든지."

그런 것 치고는 몹시 괜찮아 보이는데…….

하지만 나나미가 무섭다고 했으니 계속 손을 잡고 있을 수밖에 없다. 무서움이 가실 때까지는 이러고 있어야겠다.

이후로도 나나미는 이야기를 나누면서 내 손을 꼭 잡고 있었다.

불안은 진작에 가셨는데도 왠지 모르게 그때까지는 서로 손을 놓지 않았다.

결국 우리의 손이 떨어진 건 비행기가 안정 비행에 들어가고, 안내방송으로 주의 사항이 흘러나올 무렵이었다. 비행기가 안정 비행 상태가 되자 주위도 아주 조금 소란스러워졌다.

좌석 교체는 탑승 전에 이미 다 끝났기 때문인지 자리를 움직이는 사람은 거의 없었지만, 그래도 몇몇은 자리를 바꾸기도 하면서 수다를 떨고 있었다.

덕분에 비행기 안이 다소 소란스러워졌지만, 이것도 수학여행의 묘미겠지.

다만 다른 승객에게는 좀 시끄러울 수도 있을 것 같았는데, 주변을 둘러보니 우리 학교 학생 이외의 승객은 보이지 않았다.

왜 탑승을 우리가 먼저 하는가 했더니만, 우리끼리 한 곳에 몰아 넣은 모양이었다.

"이러고 앉아서 약 8시간인가. 쉽지 않겠는데."

"그러게. 생각보다 자리가 넓긴 하지만, 그래도 여기저기가 뭉칠 것 같아."

나나미가 몸을 젖히며 크게 기지개를 켰다. 몸의 한 곳이 심하게 강조되었지만, 지금 보고 있는 사람은 나뿐이니까 괜찮을 것이다.

어쩐지 나도 벌써 뻣뻣한 것 같은 느낌이다.

"이코노미 클래스 증후군이랬나? 수분 섭취를 하고 몸을 움직이지 않으면 위험하다는 그거."

"맞아, 맞아. 그러니까 비행기 안에서도 적당히 움직이는 게 좋대."

나나미는 빠르게 신발을 벗더니 귀여운 다리를 움직인다. 나에게 다리 페티시는 없지만, 나나미의 다리를 보고 있으니 조금 두근거렸다.

"왜 그래?"

너무 빤히 쳐다보았는지, 시선을 느낀 나나미가 날 보며 물었다. 나는 화들짝 놀라서 그녀에게서 휙 시선을 돌려버렸다. 민망함에 내 얼굴이 달아오르는 게 느껴졌다.

부자연스러운 내 태도가 수상했는지, 나나미의 시선이 위쪽으로 향했다.

저건 나나미가 무언가 생각할 때 나오는 습관이다. 아무래도 내가 뭘 보고 있었는지 추측하고 있는 모양이었다.

이윽고 정답을 도출했는지, 나나미가 씨익 하고 짓궂은 미소를 지었다.

"요신이 다리를 좋아했나?"

대체 그 잠깐의 시선을 무슨 수로 알아차린 걸까. 아마 물어봐도 여자친구라서 안다는 식의 답변이 돌아오겠지.

아니면 뭐, 내 시선이 그렇게 노골적이었다고? 난 잠깐 힐끔거렸을 뿐이다. 여자는 자기 가슴에 향하는 시선을 느낄 수 있다고 하는데, 비슷한 건가?

"아니, 그게, 오늘은 꽤 귀여운 걸 입고 있구나 싶어서."

"……?!?!"

나나미가 순식간에 얼굴을 붉히더니, 자기 몸을 바라보았다.

아니 왜 갑자기? 청바지를 입고 있어서 예쁜 라인이 드러나 있긴 하지만 특별한 문제는 없는데?

나나미는 혼란스러운 얼굴로 허리 주변이나 엉덩이 주위를 손으로 더듬었다.

갑자기 대체 왜 그렇게 당황하는 거야?

새빨개진 얼굴로 울먹이는 나나미가 떨리는 목소리로 중얼거렸다.

"……보, 보였어? 아래…….."

이제 와서지만, 말할 때는 표현을 잘 골라야 한다. 자칫 의도와 다르게 상대에게 오해를 살 수도 있기 때문이다.

"아……!! 아니야! 양말! 양말 얘기였어!"

아래라고 하길래 뭔가 했네! 나나미는 속옷이 보였다고 착각한 거다! 그거 아냐! 양말 이야기였다고!

"양말……?"

"그래, 양말. 오늘은 귀여운 양말을 신고 왔네, 해서……."

나나미는 내 말에 이끌려 자기 양말을 바라보았다.

나나미가 귀여운 무늬의 양말을 신고 있어서 나도 모르게 그런 말이 나오고 말았다. 전체적으로 세련된 차림이었기에, 양말만 귀여운 게 인상적이라서 그만…….

나나미가 양말과 내 얼굴을 한동안 번갈아 보았다. 얼굴의 홍조도 서서히 가라앉았다. 아까는 정말 얼굴 전체가 새빨개졌을 정도였다.

차분함을 되찾은 나나미는 심호흡을 두 번 정도 하더니, 아무렇지도 않은 얼굴로 새침한 표정을 지었다.

이미 늦었지만.

"……맞아, 귀엽지?"

"으응. 귀여워."

괜히 더 언급하면 지뢰를 밟을 것 같았기에 나는 모른 척 나나미의 양말을 칭찬했다. 진짜 귀엽기는 해.

그런데 왜 나나미는 아까 귀여운 걸 입고 있다는 말에 그런 반응을 보였을까. 애초에 바지 차림에서 속옷이 보일 리도 없건만, 그냥 귀여운 걸 입었다는 말에 민감한 반응을……

"어, 설마……?"

"요신……!"

나는 입을 닫았다. 마치 지옥의 밑바닥에서 부르는 듯한 소리였다. 나나미의 목소리가 전혀 다른 사람처럼 느껴져서 소름이 돋을 정도였다.

이건 언급하면 안 된다고 본능이 경고했다. 식은땀이 흐르고 갈증이 났다. 오한까지 느껴진다.

"하여간! 그런 이상한 것만 생각하는 사람한테는…… 안 준다?"

내가 생각을 멈춘 것을 알아차렸는지 나나미는 이미 평소의 나나미로 돌아와 있었다.

그런데 뭘 안 주겠다는 건데?

나나미는 자기 백팩을 열고 안을 뒤적였다. 이윽고 부스럭 소리와 함께 가방 안에서 아담한 꾸러미가 나왔다. 작은 주머니라고 해야 하나. 앙증맞은 연분홍색 주머니였다.

"이게 뭐야?"

맞춰보라는 듯이 나나미는 그 주머니를 내게 건넸다.

안 준다고 하지 않았어?

손에 받아 들자, 겉보기와 달리 의외로 제법 묵직했다. 묘하게 익숙한 무게감이었다.

"열어봐도 돼?"

"응."

얼른 열어보라는 재촉에 나는 천천히 주머니를 풀었다. 뭔가 맛있는 냄새가 나는 것 같은데…….

"엇, 주먹밥이다. 반찬도 있네?"

꺼내보니 동그란 주먹밥 두 개가 있었다. 하나는 후리카 케가 뿌려져 있었고 또 하나는 안에 무언가가 들어 있었 다. 도시락통은 플라스틱으로 된 일회용 용기로, 그 안에 는 계란말이와 닭튀김이 들어 있었다.

내 반응을 확인한 나나미는 조금 수줍어하면서도 묘하 게 자랑스러운 표정으로 가슴을 폈다.

"아까 요신이 내 요리를 먹을 수가 없게 됐다고 한탄했 잖아? 실은 나도 집에 있을 때, 요신한테 한동안 요리를 해 줄 수 없다고 깨달았거든. 그래서 미리 준비해 왔어."

진짜로? 너무 기쁜데. 이번에는 내가 아까의 나나미처럼 도시락과 나나미를 번갈아 바라보았다.

너무 놀라서 말이 나오질 않았다. 설마 도시락을 가져왔 을 줄은 몰랐다.

"근데 요신이 갑자기 요리 얘길 꺼내더라고. 서프라이즈가 들켰나 걱정했어~."

"아니…… 그건, 저기……."

그렇지. 그런 말을 했었지. 하지만 그건 먹을 수 없어서 절망한 거지, 이런 일을 예상한 게 아니다.

의도치 않게 도시락을 강요한 것 같아서 조금 미안해졌다.

"미안, 난 아무것도 준비 안 했는데……."

나나미와 달리 배려가 부족했다는 생각에 부끄러움과 한심함이 몸 안쪽에서 피어오르는 기분이었다. 그 순간, 나나미가 내 코를 붙잡았다.

비유적인 표현이 아니라 진짜 코를 꽉 붙잡았다. 그런 곳을 잡힐 거라고는 생각도 못 했기에 몸을 움직이지도 못한 채 그대로 멈춰버렸다.

"이럴 땐 사과하지 않아도 돼."

코를 꽉 잡힌 나는 그대로 시선을 나나미에게 고정했다. 나나미는 다정하게 웃고 있었다. 그저, 나에게 웃고 있었다.

어쩐지 그 미소만으로도 모든 것을 용서받은 기분이었다.

"그렇지, 고마워."

"천만에."

만족한 얼굴로 나나미는 미소를 더욱 깊게 지어 보이고는 내게서 손을 뗀다. 그녀의 말대로, 이럴 때는 사과가 아니라 감사를 해야 한다.

"그런데 서프라이즈를 떠나서, 비행기에 기내식이 나오는 걸 알았을 텐데? 어떻게 도시락을 싸 올 생각을 했어?"

"음, 대단한 이유는 아닌데. 기내식은 상황에 따라 편차가 있을 수 있다고 들었거든. 그래서 이왕이면 맛있는 걸 먹고 싶어서."

"확실히 그런 정보가 있긴 했지만, 그렇다고는 해도……."

"그냥 내가 먹고 싶어서 겸사겸사 만든 것뿐이니까. 너무 신경 쓰지 마."

나보다 적게 먹는 나나미가 기내식에 더해 뭔가를 더 먹을 것 같지는 않은데. 내가 신경 쓰지 않도록 배려하는 걸까.

그런데 내 고민이 무색하게도, 나나미는 태연하게 가방에서 도시락 주머니를 하나 더 꺼냈다.

진짜로 더 먹으려고 싸 온 거였어?!

내 시선을 눈치챈 나나미는 아주 조금 볼을 붉히며 사랑스러운 웃음을 지어 보였다.

평소와는 다른 감각에 잠들어 있던 의식이 깨어났다. 정신을 차려보니 주위는 쥐 죽은 듯 조용했다. 눈꺼풀 너머로 빛이 느껴지지 않은 것을 보니 주위도 어두운 것일까.

그런데 조용한 와중에도 여기저기서 누군가의 숨소리가 들려왔다. 여러 가지 소리가 들리는데도 뭔가 조용한…… 이상한 공간에 있는 기분이다.

음…… 뭐 하다가 잠들었더라……?

눈꺼풀이 여전히 무거워서 주위를 확인할 수가 없었다. 몇 시지……?

아직 잠이 덜 깬 머리로 고민하다가, 뒤늦게 오늘 있었던 일이 떠올랐다.

'……아, 그렇구나. 지금 비행기 안이었지.'

이상한 방식으로 깨어난 탓인지 일어나자마자 곧바로 현재 상황이 떠오르지 않았다. 그것에 위화감을 느끼면서도 나는 몸을 살짝 움직였다.

위화감의 정체는 아마도 수면의 자세 때문일까? 평소에는 누워서 자는데, 앉아서 자는 게 얼마만이더라?

아니…… 그것도 아닌가. 앉아서 자는 것 자체는 꽤 해본 기억이 있다. 나이트풀에 갔다가 돌아오는 길이나, 짧은 여행을 갔다가 돌아오는 길에…….

그때와의 결정적인 차이라면 좁은 좌석이었다. 생각보다 편안하다고 생각했던 비행기 좌석이지만, 잠을 자기엔 역시 좀 힘들었다.

이렇게 비교하니 자동차 좌석이 엄청 넓은 거였구나. 지금은 정말 온몸이 굳어 있는 기분이었다.

"후암……."

하품이 나왔다. 아직 잠이 덜 깼나? 눈이 뻑뻑해. 음……내가 자기 전에 뭘 하고 있었더라……?

분명 요신과 밥을 먹고, 그다음에…….

맞다, 요신은 어떻게 됐지?

나는 천천히 눈을 떴다. 눈을 뜨자 그에 맞춰 시야도 서서히 맑아지는 기분이었다. 동시에 내 감각도.

따뜻함을 느끼고 있었는데, 그것은 담요 때문이라고만 생각했다. 실제로도 나는 담요를 덮고 있었고…….

하지만 그 이외의 온기를 깨달았다. 담요가 아닌 것 같은데, 뭐지……?

눈을 뜨자 역시 주위는 어두웠다. 그래도 희미하게 불빛이 있어서 어느 정도는 보였다. 완전히 새까만 것은 아니다.

내가 천천히 얼굴을 옆으로 돌리자, 요신의 얼굴이 보였다.

나에게 기대고 있는 요신이.

완전히 잠에서 깬 것은 아니었기에, 내 사고는 요신을 찾아낸 것만으로 기쁨으로 가득 찼다. 그것도 머지않아 금세 동요로 바뀌었지만.

동요했음에도 그가 깨지 않도록 몸을 움직이지 않은 스스로를 칭찬해 주고 싶었다.

그는 나와 마찬가지로 담요를 덮은 상태로 나에게 기대고 있었다. 거기서 깨달았는데, 아무래도 나 역시 요신에게 기대고 있었던 모양이었다.

뭔가 초등학생 때 들었던 '사람 인(人)이라는 한자의 성립'에 대한 것이 떠올랐다. 이런 식으로 서로 받쳐주는 거라고 했었나?

내가 위에 있고, 요신이 그 아래에 딱 붙어 있었다. 어라, 목베개가 묘하게 어긋나 있다. 밀착감이 강했던 건 이것 때문이었나.

목이 아프지 않아야 할 텐데…… 지금은 괜찮은 것 같지만.

"……왜 이렇게 된 거지?"

요신이 깨지 않도록 작은 목소리로 자문자답했다. 아직 기억이 전부 다 떠오르지 않았다. 그래, 그러고 보니 저녁을 먹었다.

기내식이 차례대로 제공되었고, 정말로 치킨과 비프 중

에 선택할 수 있었다. 이야기로는 듣긴 했지만 뭔가 좀 감동이었다.

맛 자체는 그냥저냥 무난한 느낌이라고 할까. 밥 위에 닭고기가 올라가 있었고, 뭔가 신기한 맛이 나는 닭고기덮밥 느낌이었다.

그것을 먹은 후에, 요신은 내 도시락을 함께 먹었다.

만들어 오길 잘했다는 생각이 들었다. 심플한 주먹밥과 닭튀김, 계란말이. 요신은 그것까지 먹고 나서야 배가 부른 표정을 지었다.

나는 전부 다 먹는 것은 무리였다. 요신과 사귀게 된 뒤로 식사량이 꽤 늘긴 했지만, 그럼에도 역시 좀 많았던 것 같다.

행복한 돼지……가 되지는 않았다. 절대로 되지 않았다. 복부도 관리하고 운동도 하고 있다. 가슴은 커졌지만…….

이건 요신에게 얘기는 안 했던가? 굳이 할 말도 아니지만, 하와이에 가서 알려주면 좋아하려나?

요신도 큰 가슴을 무척 좋아하는 것 같으니까. 물론 지금의 나는 그 사실을 제대로 이해하고 있고, 내 가슴이 좋다면 그것에 불만을 제기할 마음도 없다.

하와이에서도 충분히 내 가슴을 만끽……이라고 하면 좀 야하게 들리는데. 응, 평범하게 즐겨…… 이것도 좀 이상한가?

아무튼 요신이 기뻐해 준다면 뭐든 상관없었다.

　남은 도시락은 내일 아침 식사 때 요신이 먹으면 좋을 것 같았다.

　자는 사람이 많아서 조용하다. 나는 조용히 약간 몸을 젖혔다. 지금 여기가 하늘 위라는 사실이 믿기지 않았다.

　의식이 완전히 또렷해지자 우우웅하는 소리가 꽤 크게 나고 있다는 것도 알아차렸다. 아마 비행기가 하늘을 나는 소리겠지.

　신기하다.

　어둡고 조용하고…… 그렇지만 진동음 같은 소리가 나고, 옆에는 요신이 있다. 주위에 많은 사람이 있는데, 마치 나와 요신만 있는 기분이었다.

　자리가 좁은 것도 이점이 있네.

　"나나미……?"

　"아, 미안. 깨웠어?"

　"아니, 뭔가 빛이 눈에 들어와서……."

　빛…… 아, 정말이네. 눈치채지 못했는데 내려간 가림막 틈새로 빛이 새어들고 있었다. 아까까지는 분명 어두웠던 것 같은데…….

　요신의 눈꺼풀이 천천히 열렸다. 기대고 있는 자세는 그대로였기에 나는 그 모습을 누구보다 가까이에서 볼 수 있었다.

요신도 일어나자마자 아직 잠이 덜 깼는지 몸을 일으키지 않고 고개만 움직여 주위를 살폈다. 아주 조금 그 움직임이 간지러웠다.

엄청나게 근접한 거리에 내 얼굴이 있다는 사실을 뒤늦게 깨닫고 요신이 눈을 부릅뜨며 놀랐다.

"미, 미안……."

그렇게 말하며 나에게서 떨어지려고 하는 그를, 나는 조용히 한 손으로 눌러 막았다. 내 힘만으로 그를 완전히 누르는 것은 불가능하겠지만, 요신은 그대로 멈춰주었다.

분명 내가 하고 싶은 말을 알아차린 거겠지.

"무겁지 않아?"

"아니, 따뜻해서 기분 좋아."

자신이 기대고 있었다는 사실에 요신은 조금 불안해 보였다. 하지만 전혀 무겁지도 않고 감촉도 무척 좋았다.

"생각보다 오래 잤나 보네. 밖이 완전히 환해."

요신이 가림막을 올리자, 눈 부신 빛이 쏟아져 들어왔다. 그가 눈부심에 눈을 가늘게 떴다. 하지만 창문 밖으로 보이는 경치에 감동한 것 같은 목소리가 들려와, 나도 그의 몸을 지나 창밖을 바라보았다.

푸른 하늘이 펼쳐져 있고, 그 아래에는 구름과 바다…… 파란색과 흰색을 수놓은 듯한 경치가 펼쳐져 있었다. 와아, 밝다…….

아까 남은 도시락은 아침으로 먹을 생각이었는데, 이미 완전히 아침이 밝은 것 같았다. 햇빛을 받은 요신이 크게 기지개를 켰다.

주위에서도 일어나는 사람이 나오기 시작했는지 여러 가지 소리……라고 해도 아직은 적었지만, 작은 소리가 들려오기 시작했다.

"벌써 날이 밝았구나. 아니, 아닌가? 다음 날이 아니라 오늘에서 오늘로…… 헷갈리네."

잠이 덜 깬 머리로 요신이 시차에 혼란스러워하고 있었다. 그 부분은 생각하면 복잡하니까 자고 일어났더니 하와이에 도착했다고만 생각하기로 하자.

"의외로 빨리 지나갔네."

"그러게. 이렇게 되니까 오히려 좀 더 타고 싶다는 마음이 드는 것 같아. 신기하지."

나는 몸을 살짝 비스듬히 기울여서 요신에게 내 몸을 붙였다. 다른 사람이 보면 요신의 어깨에 머리를 얹고 애교를 부리는 것처럼 보일지도 모른다.

"조금 있으면 아침 식사인가."

"그러게. 아, 도시락 남은 거 먹을 거지?"

"그럴까. 아침밥은 빵 종류인가……."

글쎄. 어제……라고 말해도 될지는 모르겠지만, 저녁에 나온 기내식은 빵이 아니라 쌀이었으니까 아침도 비슷하지 않을까?

한동안 나와 요신은 그 자세 그대로 수다를 이어갔다. 잠에서 깬 직후에 나누는 소소한 이야기였지만, 어둑어둑한 와중에 작은 소리로 대화하고 있으니…… 뭔가 하면 안 되는 걸 하는 기분이 들어서 즐거웠다.

하와이에서 있을 즐거움이나 호텔에서의 일정, 돌아가면 요신이 요리해 주겠다는…… 그런 이야기를 조금씩 나누었다.

그리고 대화가 끊긴 타이밍에 요신이 천천히 몸을 일으켰다.

"미안, 나 잠깐 화장실 좀……."

……확실히, 장시간 이동 수단에 타고 있으면 화장실에 가고 싶어진다. 그리고 뭔가 기내 승무원분들이 음료도 엄청나게 자주 권하셨고.

음료는 딱 한 번만 제공되는 줄 알았는데, 몇 번이나 더 마시겠냐고 물어보고 종류도 다양해서 그때마다 부탁하고 말았다.

나도 나중에 갈까……. 조금 부끄러우니까 요신이 먼저 가는 것을 보고 나는 그 뒤에 가야겠다.

그렇게 생각하고 그의 등을 배웅했다.

화장실은 앞쪽에 있다.

그래서 자리에는 나 혼자 남게 되었고, 요신이 돌아오기 전까지 아주 조금의 시간이 비게 되었다.

빈자리에는 아까까지 요신이 쓰던 담요가 한 장 남아있었다.

……손으로 살짝 쓸어보았다. 아직 따뜻하다. 요신과 함께 봤던 영화에서, 담요가 아직 따뜻한 걸 보니 멀리 가지 않았다느니 하던 장면이 떠올랐다.

그건 진짜였구나. 지금 요신은 간 지 얼마 안 됐고, 멀리 가지 않았다.

나는 그 담요를 손에 들고 꽉 쥐었다. 새 담요의 향기 속에서 그의 향기가 아주 살짝 묻어 있었다.

살짝 볼이…… 몸이 뜨거워졌다.

이건 요신이 돌아오기 전까지 담요가 식지 않게 데워주고 있을 뿐이다. 이렇게 해 주는 게 더 좋을 거니까.

돌아와서 식어버린 담요를 덮는 것보다는 따뜻한 담요를 덮는 편이 분명 요신도 더 좋을 것이다.

그가 돌아오기 전까지는 다시 돌려놓겠지만. 오다 노부나가와 도요토미 히데요시처럼 '따뜻하게 데워두었다'*라는 말은 하지 않을 것이다.

이런 것은 눈치채지 못하게 몰래 하지 않으면 부끄럽다. 애초에 상대방이 부담을 느끼면 아무런 의미도 없다.

응, 변명 끝.

---

*겨울철 발이 시리지 않도록 도요토미 히데요시가 오다 노부나가의 짚신을 품속에 넣어 데워주었다는 일화가 있다.

변명했으니 당당하게 해도 되겠지 생각하며 나는 다시 담요를 힘껏 끌어안았다. 언젠가 그와 했던 포옹을 떠올리면서.

비행기 안에서 뭘 하는 걸까 하고 정신을 차리기 직전.

"뭐 하는 거야, 나나미?"

어이없다는 투로 물어오는 그 목소리에 완전히 정신을 차려버렸다. 하, 하츠미랑 아유미까지? 왜 여기 있어? 볼일도 없는데 비행기 안을 그렇게 막 돌아다녀도 되는 거야?

"화장실 다녀오는 김에 두 사람은 잘 있는지 궁금해서 왔는데……."

"나나미, 마음은 이해하지만~. 여기서 그러면 변태 소리 들어도 할 말 없는데?"

아무 변명도 할 수 없었다. 반론조차 할 수 없었다. 네, 지당한 말씀입니다.

"하긴, 남자친구랑 하와이에 가는 거니 들뜨는 것도 당연하지."

"그러게. 평소보다 여러모로 더 대담해지기도 하고."

왠지 그 말에 조금 위화감이 들었다. 마치 두 사람 다 남자친구와 하와이에 가 본 적이 있는 것처럼 들리는데?

두 사람 다 무언가 떠올리는 얼굴로 볼을 물들이며 수줍은 표정을 지었다. 꽤 보기 드문 반응이었다.

"혹시, 두 사람 다 남친이랑…… 아니, 오토 오빠랑 슈 오빠랑 가 본 적 있는 거야?"

"응. 오래전에 가족여행으로……."

"나도~ 사실은~ 오빠 갈 때 따라갔어~."

슬그머니 손을 들며 자백하는 두 사람의 얼굴은 아까보다 더 새빨갛다. 그렇구나, 두 사람 다 가 본 적이 있구나.

하츠미는 그렇다 쳐도 아유미는 괜찮았을까. 오토 오빠는 가족이라는 느낌으로 갈 수 있겠지만, 슈 오빠의 경우는 완전히 여고생과의 여행이 되는 셈인데…….

그렇다기보단 아유미가 어떻게 따라갔는지가 신경 쓰였다. 궁금하지만 무서워서 못 물어보겠어.

"그렇게 좋았어?"

내 물음에 두 사람은 아무 말도 하지 않았다. 그저 말없이 히죽거리는 미소를 지으며 얼굴을 붉히고 있다. 그것만으로도 대답은 충분했다.

여행은 사람을 대담하게 만든다고 하는데, 그 일이 이 두 사람에게도 일어난 것일까? 어쩐지 상상은 잘 가지 않지만, 두 사람의 반응이 그것이 진실임을 알려주고 있었다.

"나나미, 여행은 분위기가 무르익기 좋은 기회야."

"미스마이와 한다면, 이번 여행이 승부처가 될지도 모른다는 거지~."

작은 소리로 엉뚱한 말을 들어버린 나는 무심코 소리를 지를 뻔했지만 참았다. 대신 끌어안은 담요를 더 꽉 움켜

쥐었다.

여기가 승부처……! 그 순간이 온 걸까?

어쩐지 가슴이 두근거리기 시작했다. 점점 더 담요를 쥔 손에 힘이 실렸다.

"다들 모여서 뭐 하는 거야?"

들려온 목소리에 우리 세 사람 다 그쪽으로 시선을 돌리자…… 코토하였다. 아무래도 코토하도 화장실에 갔다가 돌아오는 길에 이쪽에 들른 모양이었다.

여기서는 오가는 데 방해가 될 테니까 너무 이야기를 오래 나누는 건 좋지 않겠지. 옛날에는 자주 셋이 대화했으니까, 그리운 마음에 나도 모르게 대화가 달아올랐다.

하츠미와 아유미도 그것을 눈치챘는지 쓴웃음을 짓고 있었다.

"나나미랑 남자친구와 하와이 갔을 때의 이야기를 하고 있었어."

"맞아, 맞아~. 하와이라면 남자친구도 더 대담해질 테니까 승부할 때라고 했어~."

그 순간 코토하의 눈이 반짝 빛난 것처럼 보였다. 뭔가 사나운 육식동물 같은 분위기를 풍기기 시작한다.

"나중에 자세히 알려줘."

"어, 응……."

엄청난 박력에 드물게도 하츠미가 위축되었다. 코토하

는 당장이라도 달려들 기세였다.

코토하도 테시카가와 관계를 더 진전시키고 싶은 것일지도 모른다. 아니, 분명 그렇겠지. 지금도 옆자리에 있고.

그 부분은 도착해서 자세히 듣고 싶었다.

"그럼 나나미, 이따 봐."

"그러자~."

"나나미, 그럼 이만~."

너무 오래 서 있어도 지나다니는데 방해가 된다. 그런 이유로 세 사람은 각자 자신의 자리로 돌아갔다. 팔랑팔랑 손을 흔들며 세 사람이 사이좋게 떠나는 모습을 배웅했다.

하츠미와 아유미, 셋이 쭉 함께 지내서 고등학교나 수학여행 때도 셋이 계속 함께 지낼 줄만 알았는데, 그때 상상했던 미래에서 조금씩 변화하고 있었다.

요신과 함께 있으면서 내 세계도 점점 넓어지고 있다는 뜻일까? 아니면 요신과 우리 둘만의 세계에 갇혀 있는 걸까?

하지만 코토하도 있고 쇼이치 선배나 테시카가…… 남자애들과도 조금씩 교류하게 되었으니, 분명 넓어지고 있는 것이 맞겠지.

뭐, 나는 요신과 단둘뿐인 세계라고 해도 괜찮을지 모르지만.

"어? 누가 다녀갔어?"

"하츠미네가 잠깐 왔었어."

"그렇구나. 아니, 담요가 없어졌길래. 나나미가 들고 있었구나."

몸이 흠칫 떨렸다. 담요를 꼭 쥐고 있거나 냄새를 맡았다는 건 들키지 않은 것 같지만……. 그래도 좀 긴장이 됐다.

역시 그렇게까지 했다는 말은 차마 할 수 없었기에.

"응. 내가 갖고 있었어. 자."

"응, 고마워."

요신은 내게 담요를 받자마자 그대로 자기 몸에 덮었다. 왠지 그 모습이 묘하게 두근거렸다. 마치 내가 끌어안은 것 같은 착각이 들었다.

그 두근거림을 없애기 위해 나는 요신에게 달라붙기도 하고, 제공된 아침을 함께 먹기도 하고, 도시락을 서로 먹여주기도 했다.

하지만 두근거림은 멈추지 않았다. 어쩌면 요신 담요에 장난을 쳤다는 생각에 죄책감을 느끼는 것일지도 모른다.

그래서 나는 더 참지 못하고, 요신에게 담요를 꽉 끌어안고 있었다는 사실을 실토했다. 그 순간 마음은 가벼워졌지만, 이번에는 요신이 어이없어하지 않을까 하는 걱정이 들었다.

그 걱정은 기우였지만. 요신은 웃으며 용서해 주었고, 그리고 나를 꽉 안아주었다. 그 갑작스러운 행동에 나는 굳어버렸지만.

보답이라고 말하며 귀엽게 웃는 요신을 나도 껴안고 싶다고 생각했는데, 머지않아 기내 방송이 흘러나왔다. 아무래도 곧 착륙하는 모양이다.

그래서 안전띠를 다시 매야 해서 더 붙어 있을 수 없게 되었다. 뭔가 좀 어중간한 상황에서 끊겨버린 탓에 내 마음은 더 달아올랐다.

그런 마음을 안은 채 비행기 밖의 경치가 변해가고, 곧 비행기 특유의 부유감이 사라지며 무사히 착륙했다는 것을 깨달았다.

쿵 하고 몸이 한번 흔들렸고, 창밖이 완전히 낯선 경치로 변해 있었다. 비행기 안에서 밖을 바라보는 요신은 마치 어린아이처럼 미소 짓고 있었다.

"수학여행, 즐겁게 보내자."

요신의 그 미소를 보고 나니 내 안에 있던 열기도 최고조에 달했다. 이제 막 도착했을 뿐인데, 앞으로 나는 어떻게 되는 걸까?

"그래, 즐겁게 보내자."

애써 평정을 가장하고 그렇게 대답했다. 나는 하나의 결심, 요신과 관계를 한 단계 진전시키기로 결심했다. 조금이라도 좋으니까, 나아가고 싶었다.

비행기에서 내리자, 고향과는 전혀 다른 공기가 느껴졌다. 덥고, 눈부시고, 어딘가 달콤한 향기가 난다. 그 냄새에 자신이 해외에 왔다는 실감이 피어올랐다.

들뜬 내 손을 요신이 잡아주었고, 공기의 열기에 뒤지지 않을 만큼 뜨거운 열이 내게 전해졌다. 우리는 자연스럽게 서로 미소를 지었다.

기대된다. 모두와…… 요신과 어떤 추억을 만들게 될까?

잊을 수 없는 수학여행이 시작되었다.

8권에 이어 9권을 읽어주셔서 감사합니다. 유이시입니다.

9권부터 사는 사람은 거의 없지 않을까 하는 마음에 이렇게 말씀드려 보았는데, 잘 생각해 보면 꼭 그렇지만도 않을까요?

그럼 다시 한번, 이 권부터 읽어주신 분들은 처음 뵙겠습니다, 유이시입니다.

이어서 읽고 계신 분들도, 처음 읽으시는 분들도 즐거우셨을까요? 즐거우셨다면 좋겠습니다.

다양한 오락거리가 넘쳐나는 요즘, 그 안에서 제 작품을 찾아주셨다는 것은 무척 감사한 일입니다. 즐겁게 읽어주셨다면 더 기쁘겠습니다.

앞으로도 즐길 수 있는 작품을 써 나가고 싶습니다.

그건 그렇고 3월에 8권을 발매하고 나서 약 4개월이 지났습니다……. 시간의 흐름은 순식간이네요. 벌써 올해가 반 정도 사라졌습니다.

올해는 시간의 흐름이 너무 빠른 것 같습니다……. 세월이 화살처럼 빠르다는 말은 정말 맞는 말 같습니다. 뭐, 올해가 빠르다는 생각은 매년 느끼는 감상인 것 같기도 하지만요.

그런 빠른 시간의 흐름 속에서 무사히 9권이 나올 수 있었습니다. 9권…… 설마 단독 시리즈로 9권까지 낼 거라고는 생각도 못 했습니다.

매번 쓰는 이야기라 죄송하지만, 원래는 3권 정도로 마무리되지 않을까 생각했습니다.

정말 여기까지 올 수 있어서 다행입니다.

이번 권은 체육제와 수학여행 준비에 대한 이야기였습니다. 의외로 체육제라는 건 운동의 추억보다 주변에서 떠들고 놀던 기억이 더 많은 느낌입니다.

평소에는 가지 않는 체육관 위쪽에서 경기를 내려다보며 응원하거나, 밖에 나가 운동장 주위에 누워 있다가 엄청나게 혼이 나거나, 멍하니 있으면 피구공이 안면에 날아오기도 하고…….

훌륭할 정도로 시합이나 경기에 관한 추억이 빠져 있더라고요.

그래서 이번에는 전반을 '체육제'로 잡아두고 경기 자체보다도 주위의 시끌벅적한 느낌을 전달해 보았습니다.

체육제인 만큼 혹시 경기 묘사를 원하셨던 분이 계셨다면 죄송합니다. 저도 사실 처음에 농구에 대한 자세한 묘사를 적어봤는데…….

뭔가 쓰다 보니 이건 아니다 싶었습니다. 나나미와 요신의 애정 표현이 좀 부족하다고 할까요…….

그리고 후반부는 수학여행의 준비입니다. 여행은 준비할 때가 가장 즐거운 법이니 그 여행 전의 설렘을 느껴보셨다면 좋겠습니다.

다음 권은 드디어 수학여행의 본격적인 이야기입니다. 과연 그 두 사람은 해외에서도 애정 표현을 억누르지 못할까요? 분명 그렇겠죠.

맞습니다, 다음 권…… 다음 권입니다.

축! 10권 발매 결정!!

읽어주신 분들이라면 아시겠지만, 이렇게 본편의 내용이 다음 권으로 이어지는 것은 저로서도 첫 시도입니다.

이런 시도를 할 수 있었던 것도, 단독 시리즈로 10권을 낼 수 있는 것도 모두 응원해 주시는 여러분 덕분입니다.

사실 이 후기를 쓰기 직전에 신사에 가서 기도하고 왔습니다.

커버에 적힌 근황 코멘트에서는 기도를 드리고 올 예정이라고 적어두었는데, 네, 무사히 기도를 마치고 왔습니다.

액막이 기도와 건강, 앞으로도 책을 계속 낼 수 있기를 바라며 참배를 마친 후 이 후기를 적고 있습니다.

이것으로 10권도 무사히 낼 수 있게 되었고, 올해는 더는 이상한 병에 걸릴 일은 없겠죠. 분명, 아마도, 플래그는 아닐 거라 믿습니다……. 앞으로도 건강이 제일인 걸로.

지금부터는 언제나처럼 관계된 여러분께 감사 인사를 전합니다.

카가치 사쿠 선생님, 9권에서도 변함없이 멋진 일러스트를 그려주셔서 감사합니다. 이번에는 삽화의 힘이 역대 최고여서 처음 본 순간의 감동이 다시 떠올랐습니다.

10권은 하와이 본방. 계속해서 잘 부탁드립니다.

칸나 나고미 선생님, 만화화에서 항상 네임에 대해 이런저런 의견을 드려 죄송합니다만, 마무리 퀄리티가 늘 제 상상을 초월해 감격스럽습니다.

앞으로도 사랑스러운 나나미의 모습을 그려주셨으면 좋겠습니다. 다시 한번 잘 부탁드립니다.

담당자 S님. 이번에도 미팅 단계부터 여러모로 많은 조언을 해 주셔서 감사합니다. 덕분에 두 사람이 마음껏 사랑을 나누는 9권을 낼 수 있었습니다.

10권도 이어서 잘 부탁드립니다.

그 밖에도 뵌 적 없는 관계자 여러분께도 감사의 말씀을 전하며, 9권의 후기를 마치겠습니다.

다음 권은 기념비적인 10권.

인생 첫 두 자릿수의 책을, 인생에서 처음 출간한 작품으로 달성할 수 있어 감회가 새롭습니다. 앞으로도 열심히 하겠습니다!

2024년 7월 1일
10권 전에는 건강한 몸이 되고 싶은 유이시가.

Inkya no Boku ni Batsu Game de Kokuhaku site kita hazuno Gyaru ga
dou mitemo Boku ni Betabore desu 9
©Yuishi
Originally published in Japan in 2024 by HOBBY JAPAN CO., Ltd.
Korean translation rights ©2024 by Somy Media, Inc.

아싸인 내게 벌칙 게임으로 고백해 온 갸루가
아무리 봐도 나한테 반한 것 같다 9

2025년 1월 15일 1판 1쇄 발행

저   자 유이시
일 러 스 트 카가치 사쿠
옮 긴 이 이소정
발 행 인 유재옥
부 사 장 이왕호
이   사 조병권
출판본부장 박광운
편 집 2 팀 정영길 박치우 조찬희
편 집 3 팀 오준영 권진영 이소의 정지원
디자인랩팀 김보라 이민서
디지털사업팀 김경태 김지연 윤희진
콘텐츠기획팀 박상섭 강선화
라이츠사업팀 김정미 이윤서
영업마케팅팀 최원석 이다은 윤아림
물 류 팀 허석용 백철기
경영지원팀 최정연
인쇄제작처 ㈜코리아피엔피
발 행 처 ㈜소미미디어
등   록 제2015-000008호
주   소 서울시 마포구 토정로222, 502호 (신수동, 한국출판콘텐츠센터)
판매 및 마케팅 (070) 8822-2301

ISBN 979-11-384-8544-9
ISBN 979-11-384-1250-6 (세트)